Et si je t'avais dit «je t'aime»...

Catalogage avant publication de Bibliothèque et Archives nationales du Québec et Bibliothèque et Archives Canada

Jolin, Johanne

Et si je t'avais dit je t'aime-- : l'histoire d'un amour éternel

ISBN 978-2-89436-384-3

1. Amour. 2. Deuil - Aspect psychologique. 3. Résilience (Trait de personnalité). I. Titre.

BF575.L8J64 2013 152.4'1 C2013-940025-7

Nous reconnaissons l'aide financière du gouvernement du Canada par l'entremise du Fonds du livre du Canada (FLC) pour nos activités d'édition.

Nous remercions la Société de développement des entreprises culturelles du Québec (SODEC) pour son appui à notre programme de publication.

Gouvernement du Québec – Programme de crédit d'impôt pour l'édition de livres – Gestion SODEC – www.sodec.gouv.qc.ca

Infographie de la couverture : Marjorie Patry
Mise en pages : Josée Larrivée
Révision linguistique : Amélie Lapierre
Correction d'épreuves : Michèle Blais

Éditeur : Les Éditions Le Dauphin Blanc inc.
Complexe Lebourgneuf, bureau 125
825, boulevard Lebourgneuf
Québec (Québec) G2J 0B9 CANADA
Tél. : 418 845-4045 Téléc. : 418 845-1933
Courriel : info@dauphinblanc.com
Site Web : www.dauphinblanc.com

ISBN : 978-2-89436-384-3

Dépôt légal : 1e trimestre 2013
Bibliothèque nationale du Québec
Bibliothèque nationale du Canada

Imprimé au Canada

Johanne Jolin

Et si je t'avais dit «je t'aime»...

L'histoire d'un amour éternel

Préface de Sylvie Ouellet

Le Dauphin Blanc

Table des matières

Préface

Voici un livre à la fois touchant, inspirant et vibrant. Certes, il n'est pas facile d'aborder le thème de la mort. Ce l'est encore moins de laisser émerger du suicide un sens profond. Johanne Jolin parvient à nous livrer avec beaucoup de sensibilité et de compassion tous les bouleversements, questionnements et réponses que son héroïne a vécus à travers cette expérience d'une grande intensité. Cette histoire d'amour bien ficelée nous fait plonger au cœur même de l'incompréhension vécue à l'annonce d'un départ aussi subit et imprévisible. À travers les étapes de son deuil, le personnage de Sophia, qui doit affronter ses abîmes les plus béants, saura utiliser sa force intérieure pour sortir de ce passage avec une immense richesse et une grande beauté.

Ce livre est un puissant hymne à la résilience humaine, à la vie elle-même et à son sens sacré. Dans notre société, le suicide est encore un sujet dont peu de personnes parlent ouvertement. Pourtant, c'est en en discutant qu'il nous sera possible de mieux comprendre le sillon émotionnel dans lequel sont plongés les proches d'un suicidé. Cette histoire bouleversante nous permet donc de trouver des informations pertinentes à ce sujet. De plus, l'auteure ose intégrer le sens profond de la mort, du point de vue de l'âme. C'est ce qui rend son message unique et très senti. Elle nous permet de réaliser que la mort n'est jamais la solution à la souffrance émotionnelle.

Au contraire, celle-ci nous y plonge encore plus intensément. Il faut saluer cette initiative préventive. En effet, plus ce message sera véhiculé et plus le processus de la mort sera compris, moins l'idée du suicide sera une option envisageable, même dans des moments de grande détresse émotionnelle.

Lorsqu'un suicide survient, les besoins de comprendre ce geste sont criants. Il laisse le cœur des personnes endeuillées en charpie. Grâce à ce récit, elles pourront trouver espoir et réconfort. C'est un livre à s'offrir pour comprendre le sens de la vie et à offrir comme cadeau de compassion aux personnes éprouvées par le suicide.

Sylvie Ouellet,
auteure du livre *Après la mort, qu'est-ce qui m'attend ?*

« Si vous avez réussi à aider juste une personne à atteindre la véritable connaissance, alors vous avez justifié votre existence sur la terre. »

– Silver Birch

Note : Ce récit est inspiré d'une histoire vraie. Une infime partie demeure fictive et est le fruit des recherches de l'auteure. Les noms et la chronologie de certains événements ont été changés.

Prologue

C'était la nuit du 30 août 2000. Comme à chaque fois qu'il y avait pleine lune, je n'arrivais pas à m'endormir. Le ciel était à l'orage. Sur une petite île entourée d'un fleuve agité, il faisait froid et humide. J'étais blottie contre David, complètement gelée. Nous avions loué une maison pour quelques jours. Elle était vaste, étrange et plutôt lugubre. Son chauffage semblait faire défaut.

Je savais que mon couple s'en allait à la dérive. Je devais mettre fin à cette relation sans issue et aller enfin vers ce que mon cœur me dictait. Cette petite escapade serait une manière un peu moins dramatique de rompre une union. De toute évidence, David et moi étions liés par une profonde amitié et partagions une affection réciproque. Nous devions simplement transformer notre lien.

Femme idéaliste que j'étais alors, j'avais longuement espéré un prince charmant pour m'accompagner dans ma folle quête spirituelle. Je cherchais quelqu'un avec qui contribuer au changement de conscience planétaire. Je l'avais trouvé. J'en étais certaine, mais ce n'était pas David…

J'avais donc pris l'initiative, à la suite de la lecture d'une petite annonce parue dans *La Presse*, de réserver une maison de campagne située à l'Île-Verte près de Rivière-du-Loup. David et moi voulions remettre un peu de légèreté et d'humour dans une relation qui avait été plutôt tendue dans les derniers temps, en raison de mon indécision.Transformer nos rapports dans la conscience afin de ne pas laisser de séquelles émotionnelles trop fortes était ce que je souhaitais le plus. Selon mes croyances, je ne voulais pas continuer de cumuler de mauvais karmas.

« Ah oui ! Je suis complètement d'accord avec toi, Sophia. On doit faire ce qu'il faut afin de ne plus se revoir dans les autres vies, *break time*, je mérite enfin le repos », me lança un jour David en souriant.

Notre relation avait débuté à peine un an plus tôt, mais Dieu que notre parcours n'avait pas été facile ! Nos grandes différences nous rattrapaient. Redevenir libres et recréer nos vies était alors la meilleure solution. Nous savions que l'amitié survivrait « à la vie à la mort » et que l'amour prendrait juste une autre forme.

Sa cousine, au courant de notre rupture évidente, nous avait remis le livre *Le pouvoir du moment présent* d'Eckhart Tolle. Effectivement, ces écrits avaient été d'une grande aide pour traverser les jours qui ont suivi. Même si nous savions qu'il était alors préférable de mettre un terme à notre union pour le bien de chacun, il n'en demeurait pas moins que cela éveillait toutes sortes de sentiments à la fois joyeux et douloureux. C'est donc entre les rires et les larmes que nous roulions en direction du Bas-Saint-Laurent et que je lisais à David des passages du livre, comme si la sagesse viendrait en un éclair nous élever au-dessus de tout drame humain.

La suite des événements me ramena vite à une autre réalité...

Ce sera donc pour la prochaine vie, cette grande promotion de l'esprit. C'est ma commande, du moins au Tout-Puissant ! Enfin, être une « éveillée » ou une grande chanteuse qui élève les âmes. Et pourquoi pas les deux ?

C'est par un bateau-taxi que nous avons fait le dernier bout pour nous rendre à notre lieu de prédilection. L'Île-Verte, petite île d'une superficie de onze kilomètres située non loin de Rivière-du-Loup et face à Tadoussac, est également connue sous le nom de « Notre-Dame-des-Sept-Douleurs ». Elle compte à peine une centaine de résidents et une cinquantaine de maisonnettes, la plupart désertées en hiver, mais dont quelques-unes durant l'été accueillent des vacanciers qui viennent s'y reposer pour y sentir l'air marin, faire de la bicyclette, observer les baleines, admirer les incomparables couchers de soleil, lire un bon livre ou, comme David et moi, ce qui doit être plutôt rare, venir clore une relation aussi houleuse que les vagues du fleuve.

« J'ai aussi entendu dire que cette île était habitée par de nombreux fantômes.

– Cela mettra un peu de piquant dans nos vies, me lança David.

– Décidément, David, tu seras toujours le champion de l'ironie.

– C'est juste pour te faire rire, Sophia », me lança-t-il avec ses grands yeux bruns qui m'ont toujours percé le cœur.

David, c'était le beau grand blond basané au style athlétique et aux yeux à faire fondre toute la gent féminine. Il ne passait pas inaperçu. Que j'aurais voulu ne pas avoir à faire ce choix difficile ! Cela dit, malgré ma grande affection pour lui, mon cœur n'était plus là. Il était déjà à quelques kilomètres de l'autre côté du fleuve.

La maison centenaire verte et blanche que nous avions louée était de style anglais, et une grande galerie faisait presque tout le tour. Cette charmante campagnarde se démarquait des modestes demeures québécoises qui l'entouraient. Apparemment qu'autrefois, cette demeure avait appartenu au capitaine de l'île...

Ma première impression des lieux était mitigée. Je trouvais la maison superbe de l'extérieur. La vue sur le fleuve était magnifique, mais ma visite à l'intérieur, malgré le cachet d'époque et le joli décor, me rendit immédiatement mal à l'aise, et l'endroit était plutôt humide. Ce sentiment inconfortable était-il « conditionné » par ce que j'avais entendu plus tôt dans la journée ?

Sans dire un mot, David et moi avions déposé nos bagages et étions vite ressortis pour ne pas manquer le magnifique coucher de soleil. La journée avait été très longue. Nous avions déjà exploré une grande partie de l'île et fait de petites emplettes pour la fin de semaine. Pour notre première nuit, nous avions choisi la plus grande chambre qui se trouvait juste en haut des escaliers.

J'avais longuement hésité à prendre celle-là, car j'avais ressenti un phénomène étrange lorsque j'y étais passée la première fois pour me rendre à la salle de bain. J'ai toujours été sensible à l'énergie et au monde invisible, mais je l'avoue, j'en avais toujours eu un peu peur. Toute petite, je rampais souvent la nuit au pied du lit de mes parents pour ne pas avoir à affronter mes petits monstres nocturnes. Cependant, mon père, de son ton autoritaire, me renvoyait souvent dans ma chambre en me disant que c'étaient des niaiseries.

Enfant, j'ai vécu tellement de stress dans mes nuits. Combien de fois je faisais un grand saut sur mon lit pour ne pas me faire attraper les pieds ! Aujourd'hui, adulte, je vis toujours ces anxiétés nocturnes et j'arrive mal à dormir seule dans une maison. Mais, ce soir-là, malgré mes drôles de sensations, je consentis à prendre cette chambre, car la vue sur le fleuve était superbe et elle plaisait à David. De plus, il ajouta : «Tu capotes, Sophia, toi pis tes *feelings.*»

Cette chambre devait être la principale. Elle se situait en haut d'une pièce condamnée qui était étrangement verrouillée par de gros cadenas à plusieurs endroits, ce qui ne manqua pas d'alimenter mes scénarios de maison hantée. Je trouvais que la nuit donnait à cette demeure une atmosphère plutôt macabre. Je n'arrivais toujours pas à me réchauffer et à me laisser aller dans les bras de Morphée. Il me semblait entendre des pas, mais je n'osais réveiller David qui s'était déjà endormi d'un sommeil profond. Ses ronflements en témoignaient.

Au loin, on entendait le bruit des vagues, qui venaient se briser contre le récif, et, plus près, pour ajouter à l'atmosphère lugubre, les branches d'un vieux saule frappaient la toiture métallique de la grange. Je ne me sentais vraiment pas bien. Je pressentais un malheur, comme si un fantôme allait apparaître...

Tant pis, je réveillai David. J'avais pris la décision que nous reprendrions le premier bateau du matin pour aller ailleurs, que, finalement, je n'étais pas assez brave pour en apprendre davantage sur cette île aux nombreux fantômes, surtout après ce que j'avais entendu l'après-midi en allant à la petite épicerie et au fumoir de l'île. «Ah, c'est vous qui avez loué la maison verte. Vous n'avez pas froid aux yeux», me dit une femme. De toute évidence, elle devait être la commère du village, car elle s'était empressée de me raconter l'histoire qu'autrefois, un capitaine et sa fille y vivaient... «La pauvre, renchérit la bavarde du village, souffrait d'extrême solitude lorsque son père partait naviguer sur le fleuve. Un jour, en revenant d'un long voyage, il la retrouva pendue en haut de l'escalier. Puis, le vieux est mort, quelques années plus tard, noyé dans le chagrin et les remords. Aujourd'hui, personne ne veut acheter cette maison, comme si la malédiction y rôdait. Alors, la sœur du capitaine en a hérité et elle la loue en espérant un jour trouver son acheteur.» Et elle ajouta: «Ce n'est pas qu'elle n'est pas belle, la maison. En fait, c'est la plus jolie de l'île, mais personne d'ici ne veut y mettre les pieds depuis la tragédie.»

Cette sombre histoire me glaça le dos. Je repartis vers la maison sans aucune envie d'y entrer de nouveau.

David, qui était à ce moment à l'écart pour acheter du hareng fumé et une bonne baguette française, n'avait rien entendu de cette sordide histoire. Sur le chemin nous menant vers notre gîte, le cœur essoufflé, je lui racontai l'histoire et lui proposai une première fois d'écourter notre séjour à cet endroit pour aller ailleurs. «Impossible, Sophia, il n'y aura pas de traversier avant demain et nous avons déjà payé pour la fin de semaine.» Et il se mit à rire: «Ah! vraiment, les histoires de bonnes femmes...»

Et moi, sans rien connaître au monde des fantômes, essayant de me ressaisir, j'eus le réflexe de me retirer et de prier pour libérer cette pauvre âme. Je me disais que cela apaiserait aussi mon malaise.

Cela continua sans que David le soupçonne, jusqu'au moment où nous sommes allés nous coucher. Blottie contre David, je fabulais, je m'inventais toutes sortes de scénarios terrifiants, et lorsque je réveillai David, je lui dis que, peu importe par quel moyen, nous quitterions au plus vite ces lieux. Avec son humour bien spécial et croyant détendre l'atmosphère, il prit un malin plaisir à alimenter mes scénarios dignes de films d'Hitchcock. « T'es pas drôle, David. C'est peut-être elle, la fille du capitaine, qui s'est suicidée, qui me donne tous ces frissons et qui hante encore ces lieux. Entends-tu des bruits, par ailleurs ? » lui dis-je. En riant un peu jaune, David répondit : « Oui, mais ce doit être le vent. Allez, dors, Sophia, tu sais que les soirs de pleine lune, c'est pire. Moi, je suis fatigué et j'ai besoin de dormir. Bonne nuit », et il me donna un baiser sur le front.

Moi qui avais pensé, en raison de notre éventuelle rupture, de faire chambre à part, dans les circonstances, il n'en était plus question ! Je ne me sentais pas assez brave pour aller dormir avec les esprits, aussi jolie que soit la chambre d'à côté. C'est donc en cuillère contre David et à force de « Notre Père » et de « Je vous salue Marie » que je finis par m'apaiser, en espérant que cette fille allait maintenant pouvoir reposer en paix... et moi aussi.

Vers trois heures et demie du matin, je me réveillai en poussant un cri d'horreur. Cela réveilla de nouveau David. J'étais en sueur. Il me serra contre lui et dit : « C'est juste un cauchemar, Sophia, je suis là. »

En même temps, à quelques centaines de kilomètres de là, de l'autre côté du fleuve, se faisaient entendre les hurlements et aboiements incessants d'un chien...

Partie I

Amours déchirants, amours karmiques

Il y a parfois, comme dans le film *L'âme sœur* de Shirley MacLaine, de brèves rencontres que nous faisons au cours d'une vie, mais qui nous bouleverseront pour l'éternité.

Un an plus tôt – La rencontre

C'était le 31 mai 1999. Lune et fête du Wesak. Une maison d'édition importante organisait un grand concert pour la paix. Deux de ses auteurs chevronnés y étaient invités, Gregg Braden et Lee Carroll, canaux terrestres de Kryeon. La salle était bondée. Des adeptes de canalisation (*channeling*) et de nombreux croyants en un monde meilleur s'étaient réunis. Je participais à l'événement à titre de bénévole à l'accueil.

Je me sentais observée au loin. J'étais affairée à l'*accréditation* des invités spéciaux. Soudain, un homme se présenta à moi. Il semblait tout droit sorti d'un magazine de top-modèles. Je trouvais son air un peu suffisant. « On se connaît ? » me lança-t-il. Je le regardai, visiblement intimidée par son assurance, sa beauté et ses grands yeux verts et je lui répondis : « Non, je ne crois pas, mais tout le monde trouve que je ressemble à quelqu'un d'autre », lui répondis-je. J'étais agacée par sa question cliché. Je lui remis une *accréditation* de journaliste et continuai mon travail avec la personne qui attendait derrière.

La journée débuta non par un concert, mais par une conférence de Gregg Braden sur les pouvoirs de guérison des Philippiens. J'étais étonnée qu'un scientifique puisse adhérer à la croyance de ces étranges phénomènes paranormaux. Il nous relatait, à travers un film documentaire, le résultat de ses recherches faites lors de son dernier voyage. J'étais fascinée par ses propos, mais la sceptique en moi se demandait tout de même si ce film n'avait pas été truqué, car on y voyait une opération à mains nues faite par un guérisseur qui semblait en transe.

Durant la pause, le journaliste en question revint me voir pour me demander mon avis sur cette première partie. J'étais encore visiblement mal à l'aise, et il en profita pour changer de sujet et me dire qu'il était en train d'écrire son deuxième livre et que je lui faisais penser à la femme de son roman qui, comme moi, avait les cheveux roux et les yeux verts.

J'étais intriguée de savoir qu'il était aussi écrivain. Je m'ouvris alors à la conversation pour être polie et je me vis devenir soudainement très fébrile. « Ah non ! pas ce sentiment », pensai-je, ce qui me plaça tout de suite sur la défensive.

C'était l'heure de regagner nos sièges pour entendre le concert de la deuxième partie. Un ensemble de flûtes et de bols tibétains résonnaient à des taux vibratoires tellement élevés que je plongeai aussitôt dans un état profond de relaxation. Mon corps était devenu un vrai bloc de ciment. J'étais clouée à ma chaise.

Je finis par sortir de mon état, car les gens commençaient tranquillement à quitter le concert, qui était terminé depuis déjà quelques minutes. Je réussis à reprendre contact avec mon corps et j'arrivai à me tourner tranquillement la tête pour constater que la salle était vide ou presque. Cet homme était toujours là. Il m'attendait...

Il vint me voir et me demanda si je voulais aller prendre un café avec lui. Je savais que David m'attendait. De plus, je me voyais mal accepter de boire un café tard le soir avec un pur étranger. Je lui répondis poliment, mais fermement : « Non. »

J'avais aussitôt revêtu mon armure féminine.

Il renchérit : « Je pourrais alors aller te reconduire. J'ai laissé ma voiture chez un ami à une station de métro d'ici. » Je lui dis merci, mais lui précisai de ne pas insister, que j'allais prendre le métro. Il me donna la main pour me dire au revoir et m'avoua qu'il avait été enchanté de faire ma connaissance. Il me quitta visiblement à regret. « Il doit rarement se faire refuser ce genre d'invitation », pensai-je.

Je lui tournai le dos, partis aussitôt vers la station et courus pour ne pas manquer le métro que j'entendais arriver. Je pensai alors que j'avais peut-être été un peu froide, que cet homme avait tout de même l'air sympathique, qu'aller prendre un café aurait juste pu être agréable. Un journaliste – auteur – pourrait certes être intéressant à écouter. Pourquoi avais-je été aussi fermée ? Avais-je eu peur de lui ou de moi ?

J'avais réussi à attraper de justesse le métro. J'étais assise et absorbée par la pensée de cet homme magnanime pour m'apercevoir soudainement que je n'étais pas partie dans la bonne direction. Je me levai aussitôt en me sentant très mal de cette étourderie, de ce manque flagrant de présence. Mais qu'est-ce que j'avais ? Je descendis à la station suivante pour retourner dans la direction opposée.

Un destin inévitable

Je rebroussai alors chemin. En tournant, au bout du couloir, je tombai, surprise, face à face avec cet homme. Par le plus étrange des hasards, comme il venait aussi de Québec, il ne connaissait pas très bien Montréal. Il s'était aussi trompé de chemin. Avec un grand sourire, il me tendit la main : « Prise deux. Au fait, je m'appelle Jacob.

– Et moi, c'est Sophia », dis-je en me sentant devenir rouge écarlate.

La coïncidence était trop forte. Je me suis demandé un instant s'il m'avait suivie. Puis, je sortis de ma paranoïa et m'ouvris à cette pensée que la vie souhaitait peut-être que je rencontre cet homme.

L'échange, cette fois-ci, se fit sur un ton beaucoup plus cordial. Il parlait, et je me suis dit que quelque chose de lui m'était effectivement familier. Je le regardai de manière presque intrusive en décortiquant son visage. Il mesurait environ 1,89 mètre, avait les cheveux châtains, le visage long et carré, les lèvres charnues, les yeux verts, le sourire éclatant. Il portait un polo bleu et un jean beige décontracté. Je m'avouai que je le trouvais vraiment bel homme, peut-être même trop beau pour moi. Je me dis qu'il devait être le genre à *cruiser* toutes les femmes qu'il abordait.

Il me donna alors sa carte professionnelle et je lui donnai la mienne. David effleura alors mon esprit. Puis, Jacob me dit : « Un de ces jours, il faudra aller prendre un café. » Je repris le métro dans la bonne direction et retournai chez David dans une vibrante énergie.

J'étais heureuse que cette longue journée soit enfin terminée. Je ressentais encore toute la vibration d'amour qui avait inondé cette salle. J'arrivai chez David, qui habitait dans un chic *condo* du Plateau. Je ne savais pas comment contenir toute cette énergie. Je me sentais le cœur ouvert. Nous fîmes longuement l'amour.

Trois jours plus tard, je reçus un appel de Jacob.

J'habitais alors seule dans un loft du Vieux-Québec avec une vue époustouflante sur le Château Frontenac. David, habitant à Montréal, avait décidé que, pour l'instant, il était préférable d'habiter chacun de son côté. Il n'avait pas réellement verbalisé cette idée, mais il souhaitait que notre relation reste ouverte. En fait, c'est que David, n'ayant cohabité avec aucune femme depuis douze ans, redoutait toute forme d'engagement qui pourrait brimer sa sacro-sainte liberté. Donc, nous étions un couple, mais pas tout à fait.

À vrai dire, c'est qu'il voulait que je lui donne mon corps et mon cœur, mais seulement quand cela l'arrangeait. Avec David, il ne fallait surtout pas parler du lendemain. J'apprenais donc à vivre intensément chaque instant avec lui comme si c'était le dernier.

Cette tortueuse réalité, pour le commun des mortels, je m'en accommodais et j'arrivais curieusement à savourer chaque heure, qu'elle soit avec ou sans lui. Je traversais une étape de vie où je me sentais dans mon plein pouvoir personnel. J'étais tout simplement bien avec moi-même, du moins, encore pour quelque temps…

Je faisais du yoga lorsque le téléphone retentit. C'était Jacob. « Bonjour, Sophia ! L'autre soir, en revenant de Montréal et en traversant le pont, je me suis dit que ce n'était pas parce que tu m'avais répondu non la première fois pour un café que je ne devais pas te relancer. J'aimerais vraiment te voir pour échanger sur la fin de mon roman. Es-tu disponible demain après-midi ? »

Je le trouvais audacieux, mais je ne sentais pas son invitation complètement innocente. De plus, même si c'était à temps partiel, mon cœur était tout de même déjà loué… Je ne fermai pas complètement la porte et lui répondis : « Merci de l'invitation, Jacob. Rappelle-moi dans deux ou trois semaines. En ce moment, je ne suis pas vraiment disponible. Je viens de me joindre à une équipe pour l'organisation d'un festival de musique sacrée. Mon horaire sera assez chargé. » Dans son ton de voix, je remarquai une déception, mais il me dit qu'il ne manquerait pas de me rappeler.

Le projet dans lequel je m'étais investie occupait effectivement tout mon temps. Il fallait persuader la Ville de Québec de soutenir le projet, chercher les bons commanditaires et la bonne salle et surtout dénicher les bons artistes.

Je voyais David seulement les fins de semaine, mais chaque instant avec lui était inoubliable. Malgré ses résistances, il était trop rigolo et attachant. À chacune de nos rencontres, j'espérais malgré tout qu'il me donne un peu plus de lui-même. Je l'appelais « mon grand cœur de rockeur ».

Trois semaines plus tard, jour pour jour, Jacob rappela pour me demander à nouveau d'aller prendre un café.

La vie insiste

Cette fois-ci, Jacob y alla d'un ton plus insistant. Je lui répondis: «Désolée, Jacob, mais David est chez moi pour la fin de semaine. Cela ne pourra pas fonctionner.» Il raccrocha. Il était certainement contrarié de se faire dire non une troisième fois.

Le soir, je m'endormis, tracassée par cet appel. Mais qu'est-ce que la vie voulait me dire?

Je fais partie de ceux qui ne croient pas au hasard, mais bien à la synchronicité. Je pense que tout événement ou toute rencontre a un sens, une raison qui fait partie de notre chemin d'évolution, du grand plan.

Ce soir-là, mon sommeil, aux dires de David, fut très agité. Pas étonnant, puisqu'il s'agissait d'un soir de pleine lune. Comme je lui avais déjà parlé brièvement de Jacob, je le mis au courant qu'il m'avait jointe de nouveau.

Le lendemain, au retour de ma réunion, j'arrêtai au marché du coin pour faire quelques emplettes et je fus attirée par une nouvelle revue. Je commençai à la feuilleter et tombai sur un article, «Mots d'amour d'enfants», pour m'apercevoir qu'il était signé par nul autre que ce fameux Jacob. Mon cœur se mit à battre très fort. En même temps, un malaise dans mon corps se fit sentir. Les heures et les jours qui suivirent me laissèrent perplexe par rapport à cet homme. Devais-je le revoir ?

David, avec ses airs bouffons, parvenait chaque fois à reconquérir mon cœur. Cependant, plus le temps avançait, moins sereine je devenais avec son choix de non-engagement. Mon « petit moi » commençait plus souvent à refaire surface et à revendiquer une exclusivité et une relation plus engagée. Lui voyait les choses autrement. Je passais maintenant en sa présence à la fois de doux et de douloureux moments. Je continuais dans son mode, mais je ne respectais plus vraiment celle que j'étais. Je vivais donc avec les conséquences de mon choix. Je jouais son jeu, c'est-à-dire l'aimer, toujours un peu plus, mais pas trop.

David était égal à lui-même. Il était clair. Lui se respectait dans ses besoins, mais cette relation à temps partiel me faisait travailler intérieurement. Que j'aurais voulu m'élever au rang des amours libres !

Mis à part mes amours boiteux, l'automne de cette année était chaud et riche en couleurs. Puis, mon travail me comblait, et j'avoue que de continuer à vivre seule au lieu de cohabiter avec David comportait certains avantages pour l'oiseau solitaire que j'étais. Il me fallait seulement mieux gérer mes anxiétés nocturnes et mes insécurités affectives.

En dehors de mes fins de semaine avec David, lorsque j'avais quelques heures devant moi, j'allais me réfugier à Neuville chez mon amie Louisa. Elle était en quelque sorte une âme sœur au féminin, mon amie éternelle qui ne se lassait jamais d'écouter mes aventures et déboires amoureux. Artiste colorée, tout comme sa maison centenaire jaune, Louisa était aussi pour bien des gens une sorte de mère spirituelle au réconfort sans borne.

Chez elle, c'est un peu comme une sorte de petit paradis sorti tout droit d'une toile de Monet. Le décor est tout en harmonie avec ses magnifiques toiles qui ornent les murs et qui marquent bien ses différents passages de vie, ses différents états d'âme. Dehors, c'est le prolongement de l'artiste avec son terrain fleuri, qui suit les saisons, entouré d'arbres majestueux et offrant une vue imprenable sur le fleuve Saint-Laurent. C'est le lieu parfait pour guérir les cœurs écorchés.

La complicité entre Louisa et moi et nos conversations tout aussi loufoques que profondes avaient fait l'envie de plus d'un conjoint qui était passé dans ma vie. Mis à part notre intérêt pour le monde de la conscience, des arts et de l'évolution des âmes, notre sujet de prédilection et typiquement féminin était et est encore et toujours, « les hommes ». En grandes intenses que nous sommes, nous savourions souvent, à partir de très tôt le matin, un bon café au lait et nous jasions durant des heures, arrosant nos derniers potins et nos grandes passions d'un bon verre de Limoncello. Rires et larmes s'étaient enchaînés sans que nous voyions le temps filer. « Elles nous font sentir bien vivantes, ces histoires-là, dit ma précieuse Louisa. Ma chère Sophia, le plus important, c'est que nous fassions toujours tout pour honorer et prendre soin de la déesse en nous. »

Je lui confiai, ce jour-là, ma rencontre avec cet homme mystérieux et je convins, sans être vraiment convaincue, de ne pas chercher à le revoir et de plutôt miser sur ma relation avec David.

Jacob ne m'a pas rappelée.

Amours impossibles

Mes voyages à Montréal étaient de plus en plus fréquents. David avait décidé de repeindre son *condo*. J'avais réussi à lui faire mettre tous les murs jaunes et ceux du salon en rouge, ce qui venait rehausser le côté chaleureux de la pièce déjà ornée de superbes boiseries, d'un mur de brique, de magnifiques « portes françaises » et d'un puits de lumière. Avec les meubles et les objets rapportés des quatre coins du globe, l'atmosphère était conviviale, avec un brin d'exotisme.

Sans le lui dire, je m'imaginai venir habiter ce lieu, surtout qu'une voyante m'avait dit qu'avec cette relation, « petit train irait loin ». Je m'étais donc attachée à ces tristes prédictions de voyantes plutôt que de voir la situation telle qu'elle était réellement. David ne voulait toujours pas s'engager, et moi, je voulais juste entendre autre chose. Je n'en étais pas à la première sottise de la sorte. Je ne sais combien d'argent je dépensais auprès de voyantes, numérologues et astrologues pour me faire dire qu'un jour, comme dans les contes de fées, moi aussi, je rencontrerais ce grand et bel amour, mon âme sœur, le prince charmant !

J'avais donc fait de David mon chevalier promis. J'oubliai qu'il fuyait l'engagement comme la peste. En bon investisseur, un jour, il m'a même dit : « Le mariage, c'est vraiment le pire des investissements financiers qu'un homme puisse faire dans sa vie. » Ha ! Ha ! Très drôle, et il tua ainsi toute forme d'espoir.

Malgré tout, certains jours, je me surprenais à « espérer » encore. Je me disais qu'il portait juste une fausse carapace et que je réussirais bien un jour ou l'autre à la faire fondre.

C'est malheureusement souvent le propre de l'humain de vouloir s'acharner sur ce qui lui résiste.

Nous avions parlé d'aller en Inde. Dans ce voyage, je voyais une grande possibilité de souder plus profondément notre pseudocouple. David était un homme ouvert, et c'est ce que j'avais demandé : avoir un compagnon de route pour travailler consciemment à notre dimension spirituelle. Ce voyage me donnait alors tous les espoirs. Je pensais que David était celui que j'avais tant demandé.

Parler de l'Inde nous avait rapprochés et, le soir venu, nous avions laissé nos corps communiquer ce que verbalement nous n'osions faire. Je brûlais à l'intérieur de lui dire ces mots tellement simples, mais tellement chargés. Puis, l'être de feu que j'étais, avec le cœur qui battait à tout rompre, osa lui dire ce que toute femme amoureuse veut communiquer : « Je t'aime, David. »

Si j'avais pu effacer alors mes élans…

Le doux Cancer (il était de ce signe astrologique) s'était aussitôt réfugié sous sa carapace. Nous avions eu alors notre première dispute. Il s'était rhabillé et avait claqué la porte. Alors, je m'étais écroulée. J'avais longuement pleuré et une forme de rage était montée. Cet homme avait tout fait pour que je m'attache à lui, mais voilà qu'il refusait d'entendre cet amour. Alors, j'avais trouvé du papier et un stylo et je lui avais écrit.

> *Merde, David, t'as quoi à la place du cœur ? Ça brûle en dedans de moi. Je dois taire constamment mes sentiments de peur que tu te refermes. Je ne me sens pas libre de manifester ce qui est au fond de moi. Désolée, mais on ne profite pas ainsi des bons sentiments de l'autre par simple désir égoïste (tu as une responsabilité par rapport à celle que tu apprivoises).*

On ne joue pas ainsi avec le cœur. Ça fait trop mal. Si tu ne m'aimes pas déjà, tu ne m'aimeras jamais. Alors, aussi bien changer de route tout de suite, autant pour toi que pour moi. Si tu n'es pas prêt à l'amour, ne le cherche pas. Ne te laisse pas aimer ainsi. Je ne peux malheureusement pas, de mon côté, t'aimer inconditionnellement. Je n'en suis pas là. Désolée, je ne suis pas une fille pour toi, car moi, je t'aime. Je refuse de mettre une pierre à la place de mon cœur. Je veux laisser battre mon cœur au mouvement de la vie et je veux que ce cœur aime, car c'est pour cette seule raison qu'il bat.

Je lui laissai la lettre sur son comptoir embourbé que je détestais tant, en espérant qu'il allait la remarquer. J'ai ramassé ma brosse à dents et mes quelques effets et je suis repartie au volant de ma nouvelle New Beetle vers Québec, me jurant de ne plus perdre mon temps dans ce genre de relation sans issue. Non ! Je n'étais pas une fille de fin de semaine avec qui on passe du bon temps et qu'on laisse ensuite là, le cœur tout ouvert. Je m'accordais une valeur et un respect plus grand. « Que ce genre d'hommes sorte de ma vie ! » dis-je à haute voix à l'Univers. « Finis les amours impossibles ! »

Plusieurs jours s'étaient écoulés. David ne m'avait pas redonné signe de vie, mais ma colère s'était estompée et une profonde tristesse avait pris place. De vieilles blessures avaient refait surface. Je suis remontée jusqu'au berceau, à ce premier grand amour impossible vécu avec ma mère et mon père qui, à ma naissance, m'avaient confiée à la crèche. Je me suis alors mise à pleurer toutes les larmes de mon corps et à revivre toutes les mémoires de rejet et d'abandon.

Après quelques heures au pays des larmes et des lointains souvenirs, je me suis calmée et me suis juré d'ouvrir mon cœur seulement à un homme prêt à m'accueillir entièrement. « Finis les amours souffrants ! En haut, puissiez-vous entendre mes prières ! »

L'appel

Il me fallait oublier David. J'écrivis alors dans mon journal personnel que j'avais, depuis trop longtemps, délaissé.

Si notre relation n'a plus sa raison d'être, je l'accepterai.

Je sortis également mon petit livre de pensées et tombai par hasard sur une pensée bouddhiste : « Il faut accepter l'impermanence des choses. » J'avais justement besoin de renouer avec ce genre de sagesse, et j'ouvris une autre page : « Le bonheur est d'abord lié à notre perception des choses. Le bonheur ne tombe pas du ciel. Il faut décider d'être heureux et y consacrer des efforts. »

Comme le temps des fêtes ainsi que mon anniversaire de naissance arrivaient à grands pas, et que je redoutais toujours cette période de l'année, je me suis demandé alors comment je pourrais rendre cette période plus réjouissante. Je ne voulais surtout pas la passer seule. Je me suis mise à faire une revue des hommes qui avaient meublé mes heures de célibat et je pensai soudainement à sortir mon carnet d'adresses. En tournant les pages, je suis tombée sur ce mystérieux journaliste écrivain rencontré quelques mois plus tôt. Sans même y penser, je décrochai le combiné et composai son numéro. Quelqu'un à l'autre bout décrocha. Ça tournait vite dans ma tête. Il me fallait un prétexte : « Est-ce Jacob ?

– Oui, c'est bien lui. »

Sa voix semblait venir de loin. Je me suis souvenue alors d'un détail. Jacob éprouvait une certaine difficulté à entendre. Il portait un appareil à l'oreille droite. J'avais remarqué, lors de notre première rencontre, qu'à un certain moment, il s'était avancé plus près de moi et qu'il avait haussé la voix pour me parler. Il s'était excusé de créer ainsi une telle proximité, mais c'était relié à un problème de surdité. « Tiens, comme mon père », me dis-je.

Je n'avais pas vraiment tenu compte de son handicap et il avait semblé apprécier ma délicatesse. J'enchaînai : « Une collègue à moi cherche un journaliste d'expérience pour créer un magazine sur la nouvelle conscience. Comme tu as de l'expérience, aurais-tu un intérêt en ce sens ? » Ouf ! Ce prétexte était vrai. Je m'en étais bien sortie. Il s'empressa de répondre : « Oui, cela tombe à point. Nous pourrions nous rencontrer ce soir pour souper et je te remettrai alors mon CV. » Comme je devais aller porter un livre chez ma copine à Neuville, cela était parfait. Il m'offrit de le rejoindre à dix-neuf heures au Manoir de Neuville.

Je raccrochai et appelai mon ami Louisa pour lui dire que je passerais lui porter rapidement son livre d'art sacré et je lui fis part de mes derniers développements amoureux et de mon côté un peu téméraire pour avoir ainsi repris contact avec ce fameux « J ». Bien entendu, elle était triste pour David, mais comme une bonne amie, elle respectait ma démarche et était aussi très curieuse de savoir la suite.

Je raccrochai le combiné. Je savais que je venais de faire un geste qui ne serait pas sans conséquence. J'étais fébrile et étonnée de mon audace. Je me préparai tranquillement et me surpris à me parer non pas pour aller à une rencontre d'affaires, mais bien à un rendez-vous galant. Je sortis mes perles et ma robe noire passe-partout. Elle épousait agréablement mes formes et honorait bien ma féminité tout en étant discrète.

J'étais fière de mon coup. Je me suis regardée dans la glace et j'ai dit : « Tant pis pour toi, David ! »

Je m'apprêtais à sortir et le téléphone sonna. C'était David à l'autre bout du fil.

Un souper magique

J'eus un pincement au cœur. David m'aborda encore avec son bel humour. Cet homme savait tellement comment m'attendrir. J'étais soudainement confuse. Devais-je lui dire pour mon souper avec ce journaliste ? Après tout, j'avais un prétexte professionnel. Je lui fis donc part de mon projet. Je voulais lui montrer en fait qu'il pourrait vraiment me perdre. Pas très édifiant, ce petit jeu, mais plaire aux hommes était une arme redoutable et je savais bien m'en servir. Et il le savait trop…

Je vis le temps qui filait et lui dis que j'étais vraiment heureuse qu'il m'ait rappelée. Il me demanda alors ce que je voulais faire pour mon anniversaire de naissance, qui avait lieu le samedi suivant. Il me dit que ce précieux moment m'appartenait, que j'avais le droit de lui faire m'importe quelle demande, qu'il répondrait même aux plus insensées de mes requêtes.

Là, il touchait une corde sensible, et quel pouvoir venait-il de me donner !

« Je vais y réfléchir, David, je dois vraiment partir. » Et avant de raccrocher le combiné, je lui posai une dernière petite question : « Que fais-tu pour Noël cette année et pour marquer l'an 2000 ? » Et en oubliant presque Jacob et le temps, j'ajoutai : « Voudrais-tu venir avec moi, dans ma parenté, en Abitibi ? » C'était évidemment une question test ! Il me répondit : « Je ne sais pas, je vais y penser. » Il venait du coup de me refroidir. Une partie de moi se referma instantanément et, détachée, je lui dis : « À plus tard. »

J'étais en retard au rendez-vous.

Je devais faire un petit arrêt chez Louisa pour son livre. Quand je suis arrivée chez elle, elle n'y était pas, ce qui faisait presque mon affaire. Je griffonnai alors un petit mot et laissai son livre entre les deux portes.

Je filai vite au Manoir, qui était à quelques minutes de là.

Jacob m'attendait déjà à une table dressée dans un coin de la verrière avec une vue magnifique sur le fleuve. Je me dis qu'il avait marqué un point, car c'est celle que j'aurais choisie. J'étais très nerveuse. Il me complimenta sur ma beauté et me dit à quel point il adorait mon collier de perles. Son regard se faisait insistant et cela me rendit très mal à l'aise. Je décidai alors d'entrée de jeu de lui parler du projet de magazine, mais il m'interrompit tout de suite et me dit qu'il avait lui aussi pensé à un projet semblable, et il me remit alors son impressionnant CV.

J'avais devant moi un homme bardé de diplômes, dont un baccalauréat en architecture et une maîtrise en gestion. Il avait été, malgré son jeune âge, directeur d'un réputé cabinet. Aujourd'hui, il était journaliste à la pige pour différents magazines, auteur de deux livres, conférencier, figurant, acteur, mannequin professionnel, ancien officier de l'armée, caricaturiste ayant reçu un prix pancanadien en dessin et, pour couronner le tout, il avait déjà participé à un concours en tant qu'auteur-compositeur-interprète. Ironiquement, je lui lançai : « J'espère qu'avec tout ça, tu sais au moins cuisiner et danser ! »

Plus tard, la vie me confirma qu'il était un super cavalier pour la danse, mais qu'il était plutôt moche en cuisine. Il lui fallait au moins un petit défaut…

Je me suis sentie rougir et me suis mise à rire, et lui aussi. Il avait les yeux brillants. Je le trouvais tellement séduisant. Je n'en revenais pas. Je me disais que c'était presque impossible d'être tout cela à un si jeune âge. Il allait avoir quarante ans. En « beurrait-il épais » pour m'épater ?

Mais, j'avais vraiment devant moi un homme, un être hors du commun aux multiples talents, beau, intelligent, complet. Et son adresse indiquait le Lac-Saint-Joseph. Wow ! Je venais de gagner le gros lot. J'étais, je l'avoue, très impressionnée, mais je ne voulais surtout pas que cela paraisse.

Une question pourtant majeure me traversa l'esprit. Était-il célibataire ? Comme s'il avait senti mon interrogation, il me dit qu'il ne souhaitait pas parler davantage d'affaires, mais qu'il aimerait plutôt que nous apprenions à nous connaître.

Son attitude était plutôt charmante. Une partie de moi se mit soudainement *en mode* panique. Mon foutu petit « saboteur intérieur » commençait à me poser des questions : « Comment un tel homme peut-il s'intéresser à moi ? Comment un tel homme peut-il être célibataire ? »

Jacob se lança dans son histoire. Je fus étonnée par sa grande transparence. Il m'avoua qu'il avait vraiment espéré me revoir, que je n'avais pas quitté ses pensées depuis notre rencontre en mai, qu'il avait été très peiné que je refuse ses invitations pour un café. Après avoir dit à mon petit saboteur de se calmer, je me suis sentie soudainement flattée qu'un tel homme puisse être là, visiblement, à me faire la cour.

Il me révéla sans pudeur les dédales de son handicap et sa descente aux enfers. Il avait selon lui tout perdu, sa femme, ses enfants, son poste de cadre, sa maison, sa notoriété, à cause de sa surdité qui s'était développée à la suite d'une chute en ski.

Il était séparé depuis un an et demi, il avait deux magnifiques petites filles et un garçon, son ex-conjointe avait maintenant un nouvel amoureux dans sa vie, sa relation avec elle avait été fort difficile ces derniers temps, mais il était enfin heureux de se sortir de toute cette saga. Cet épisode l'avait amené à une quête de sens, à la méditation, à une meilleure écoute de sa voix intérieure.

Il me dit : « Oui, je suis de plus en plus sourd au monde extérieur, mais, étrangement, j'entends de plus en plus ma petite voix et celle de mes guides. Ma réaction, lorsque mon problème de surdité s'est amplifié et que j'ai perdu mon poste de cadre au cabinet, a été de me diriger vers une vieille passion, celle de l'écriture. Un jour, je me suis mis à écrire avec l'impression que mon inspiration venait d'ailleurs. » Je compris alors qu'il pratiquait une forme de *channeling* et devenait une antenne pour mieux passer d'importants messages. Il avait omis de l'écrire dans son impressionnant CV. Il poursuivit : « Alors, je me suis lancé corps et âme dans cette nouvelle aventure. Je pensais pouvoir vivre de ma plume en écrivant des articles et des livres, mais j'avoue que ce n'est pas toujours facile de joindre les deux bouts chaque mois. » Avec une voix plus douce, il ajouta : « Tu sais, Sophia, le côté positif de mon handicap, c'est qu'il m'a rendu plus humain, moins matérialiste, un peu moins, je l'avoue, et moins centré sur mon ego. Je suis devenu plus sensible à ce qui m'entoure. Oui, je suis en train de devenir un homme nouveau, ou je deviens peut-être le vrai moi. La vie m'a tant donné, mais je crois que j'étais en train de m'égarer de l'essentiel, et voilà que cette sournoise surdité me ramène sur le droit chemin. Mais le combat est encore là, entre mon ancien moi et ce nouveau. Ce n'est pas toujours facile. »

Il ne cherchait pas à m'impressionner. Il parlait vraiment avec toute son authenticité. Cela a eu une forte impression sur moi. Il ajouta qu'il souhaitait maintenant refaire sa vie, qu'il était à la recherche de son âme sœur, qu'il en priait le ciel et que lorsqu'il m'a croisée, il avait eu un coup de foudre, une révélation que j'étais celle-ci. « Sophia, lorsque je t'ai croisée à Montréal, j'ai sincèrement eu l'impression de te connaître depuis toujours, que notre rencontre était prévue, que c'était notre destin, notre karma. Et aujourd'hui, je le ressens encore plus ! »

Et il a insisté sur le fait que ne pas me revoir et se buter à des refus pour aller prendre un café avaient été douloureux pour lui. Cela dit, son père l'avait raisonné à ne pas s'acharner sur moi. Par contre, lorsqu'il avait reçu mon appel, il n'avait pas hésité un instant. « Bref, Sophia, ajouta-t-il, je te l'avoue, en ce moment, je me sens comme sur un nuage. J'apprécie vraiment ta présence et je souhaite te revoir. »

Ouf ! Je n'en croyais pas mes oreilles. Mon cœur battait la chamade. Sa franchise me désarma complètement et son histoire m'attendrissait. Je me sentais si « familière » avec lui. Cependant, mon petit saboteur refit vite surface : « Est-ce de la *bullshit*, tout ça ? Joue-t-il ce jeu avec toutes les femmes ? » Mais je fis taire cette petite voix et, à mon tour, je me suis dit que je ne pouvais qu'être authentique avec lui. Je lui racontai alors mon histoire un peu houleuse avec David. Cela ne semblait nullement le déranger. En fait, j'avais devant moi un chevalier maintenant prêt à tout pour gagner le cœur de sa princesse. Désormais, aucun obstacle ne viendrait entraver sa route.

J'osai avouer à Jacob, ce que je révèle très rarement, que ma principale ambition dans cette vie était de décrocher le diplôme de l'éveil, rien de moins, et d'atteindre l'éveil afin de terminer ce cycle infernal d'incarnations. Je lui dis que depuis que j'étais toute petite, j'avais plongé dans la potion, que j'étais fascinée par la vie du Christ, que je réécoutais avec intérêt, à Pâques, le film de Jésus de Nazareth. Pourtant, cela ne venait pas de l'influence de mes parents. L'un était athée, l'autre, non pratiquant. Je lui confiai que j'avais vite eu la curiosité d'explorer les autres religions, même qu'en sixième année, j'avais fait une recherche libre sur les hindous pour la présenter à ma classe. Je lui dis que, plus tard, je m'étais jointe à des groupes de pastorale, que j'avais fait de Jésus mon confident, que depuis toujours, je lui écrivais dans mon journal, qu'à dix-sept ans, j'entrais avec plaisir dans un collège privé de Saint-Augustin et partageais ma vie avec les sœurs maristes, que j'étais admirative devant leur choix de vie, cet appel, cet amour du Christ, que j'avais fait cette même année une première retraite dans la maison de ressourcement Jésus-Ouvrier.

Je poursuivis en révélant à Jacob que j'avais vite emprunté des sentiers moins fréquentés, que j'avais lu des livres ésotériques et spirituels, des bouquins sur la mort, sur l'avant-vie et sur l'après-vie ou encore sur la vie des mystiques, que j'avais entrepris des études libres en philosophie et en psychologie à l'université et que j'avais étudié en anthroposophie à l'école de Rudolf Steiner, que je m'étais aussi inscrite à une formation sur l'accompagnement du mourant, qu'à cette époque, j'avais découvert ma sensibilité particulière à être visitée par des âmes défuntes, mais que j'avais renoncé à emprunter cette voie tant que je ne serais pas assez en équilibre.

Jacob m'écouta très attentivement, toujours avec les yeux pétillants. Mais pouvait-il tout entendre ? Je continuai : « Plus tard, j'ai entrepris des formations en homéopathie, qui m'ont ouverte à une approche globale de la vie et de l'être humain. Par la suite, j'ai exploré la psychosynthèse, la PNL, la sophrologie. J'ai pratiqué le yoga, bien que j'aie expérimenté le zazen et plus tard le tai-chi. » Je lui déballai presque tout de moi. « J'ai toujours eu un respect profond pour les grands maîtres de ce monde, mais parfois je suis en désaccord avec certaines pratiques et croyances de ces diverses religions. Pour moi, la religion doit relier et ne jamais diviser. Donc, j'ai cherché et me suis formée à force de lectures et de diverses pratiques à développer mes propres croyances. Cependant, j'avoue que Krishnamurti a eu aussi un grand impact sur moi.

» Bien que parfois j'en arrache encore et que je n'arrive pas toujours à intégrer ces principes, j'ai accepté d'emblée que nous étions créateurs de notre vie, qu'à chaque instant, nous avons le pouvoir de choisir quelles pensées et attitudes nous aurons.

» Bref, Jacob, je ne voudrais pas t'assommer davantage avec toute mon histoire. En gros, je suis une routarde du monde spirituel qui cherche par ses expériences à polir toujours plus son diamant intérieur. »

Donc, je lui dis en souriant, pour en revenir au but de notre rencontre qui était le projet de magazine, qu'il était très important pour moi de toujours œuvrer dans un métier en lien avec mes valeurs et d'aider le monde afin de satisfaire l'idéaliste en moi.

Il me demanda soudainement : « As-tu des enfants ? » Avec un soupir, je lui communiquai que j'avais toujours désiré avoir des enfants, mais qu'en même temps, je voulais travailler sur moi avant d'en avoir afin de ne pas leur transmettre toutes mes névroses. Je lui dis: «Contrairement à toi, Jacob, qui as trois enfants, moi, à ce niveau, je n'ai pas fait ma part. Résultat: même en ne prenant jamais aucun moyen de contraception – car c'est contre mes valeurs d'empêcher la vie – je n'ai jamais eu d'enfants...»

Je lui avais livré l'essentiel, mais Jacob me posa une autre question: «Tu me passionnes, Sophia, avec toute ta quête. Moi, c'est ma surdité et ma dégringolade professionnelle qui ont été un déclencheur, mais toi, qu'est-ce qui t'a poussée vers ces chemins?

– Excellente question. Il est parfois difficile de vraiment savoir quels événements ont déclenché toute ma recherche. Peut-être que la véritable réponse se trouve dans mon ancienne vie, mais je dois t'avouer que je suis une première de famille et que ma mère était très jeune lorsqu'elle a accouché de moi. Elle a vécu seule sa grossesse. Elle n'avait pas de ressources et elle n'a eu d'autre choix que de me confier à la crèche. J'ai donc passé les deux premières années de ma vie sans ma mère. Elle et mon père, le vrai "géniteur", sont revenus me chercher après ce temps.

» Mais, j'ai vécu toute mon enfance dans le rejet. À quatre ans, on m'a envoyée dans un pensionnat. La relation avec ma mère a toujours été difficile. Elle m'avoua plus tard qu'elle n'avait pas réussi à m'aimer, car je représentais pour elle le fruit de son propre abandon. Effectivement, mon père avait abandonné ma mère lorsqu'il avait su qu'elle était enceinte. Voilà le chemin que je me suis tracé pour grandir dans cette vie. Donc, ma quête part certainement de là – trouver ma place, apprendre à m'aimer, blabla...», fis-je en hochant la tête.

Et je repris: «Donc, j'ai vécu, Jacob, moi aussi, le non-amour au point de départ dans ma vie. Et cela a créé une forme de vide existentiel, un puits sans fond, et peut-être, j'imagine, une grande difficulté à croire en l'amour. Plus tard, dans ma vie, j'ai connu des trahisons et des abandons dans mes relations avec les hommes. Chaque fois, cela a presque été la fin du monde. C'est peut-être pour cela que j'ai cherché toute ma vie ce que je faisais sur terre, quelle était ma place. Comme je ne voulais pas rester toute ma vie victime de mon passé, cela m'a certes poussée sur ce chemin de développement personnel pour mieux comprendre pourquoi je vivais toute cette souffrance depuis ma naissance.

» Le seul homme qui m'a été fidèle, dans mon esprit, c'est Jésus. Il est vite devenu mon confident, le seul qui, selon moi, allait toujours être là pour moi. L'écriture de mes journaux intimes et la lecture sont devenues mon plus grand exutoire, ma drogue à moi. »

Nous étions là, sans voir le temps passer, à nous révéler, en l'espace d'un souper et sans pudeur, une grande partie de notre passé, de nos vulnérabilités, de nos valeurs et de nos ambitions. Nous avions tellement de points en commun et des départs semblables. Cette rencontre était facile, sans masque, comme si nous nous connaissions depuis toujours. Nous passâmes ainsi des heures savoureuses dans l'un des plus romantiques décors de Neuville à nous raconter nos récits de vie.

La cuisine allait bientôt fermer et, à notre grand regret, nous devions partir. Il insista pour payer la note. Un point de plus… Il était généreux ! Il me raccompagna à ma voiture, m'ouvrit la portière – que j'aime cette galanterie ! –, mais au dernier instant, juste avant le baiser qui était évident, je me suis refroidie. Je ne voulais pas me laisser aller à une accolade trop chaleureuse pour une première rencontre. Il me quitta donc en bon galant avec un doux baiser sur la joue. Et il me demanda alors si je désirais l'accompagner dans une magnifique auberge à North Hatley pour Noël. « Je dois réserver vite, Sophia, et si tu n'as rien prévu pour fêter l'an 2000, je serais heureux de célébrer ce passage important avec toi.

– Tu serais même prêt à venir voir ma parenté avec moi en Abitibi ? lui lançai-je.

– Que oui ! dit-il, je serais ravi de connaître ta famille ! »

Il me quitta en me disant qu'il me rappellerait le lendemain pour avoir une réponse. Et, comme un gamin, il embarqua dans sa jeep verte, me lança un magnifique sourire et partit, manifestement heureux.

Je pensai alors combien lui et David étaient aux antipodes. L'un arrivait à peine à m'inclure à son agenda et l'autre semblait me réserver déjà pour que nous soyons ensemble pour l'éternité. J'exagère peut-être un peu, mais la suite me le confirma...

Je regardai le bleu obscur du ciel et le reflet scintillant des étoiles sur le fleuve qui n'était pas encore recouvert de neige et je demandai alors à mes guides, là-haut: « Que voulez-vous que je comprenne ? Éclairez-moi ? Pourquoi cet homme ? »

Cette nuit-là, je tournai dans tous les sens. Je sais que l'Univers nous guide, mais il nous laisse également toujours notre libre arbitre.

Les pensées quant à David et à Jacob se chevauchèrent. Je regardai le réveille-matin. Il indiquait quatre heures. Il me fallait trouver un moyen de reprendre contact avec David.

La demande

Au matin, je décidai d'envoyer un courriel à David avec, à l'arrière-plan, une image qui représentait une porte qui s'ouvrait sur un pré tout vert avec au loin un arc-en-ciel. Je lui écrivis.

David,

J'ose timidement revenir cogner à ta porte.

Je voudrais te dire que je tiens à toi, à notre relation.

Je suis juste à chercher ce respect de moi-même et à essayer de comprendre l'autre dans ses limites.

Interrompre notre relation, peu importe la forme qu'elle a en ce moment, n'aurait aucun sens. Ce serait justement renoncer à apprendre de la différence de l'autre et ainsi à grandir.

J'ai choisi cette image parce qu'elle m'invite à traverser une porte et à emprunter un chemin sinueux, mais qui me conduit à un arc-en-ciel. Refermer maintenant cette porte serait me couper de cette beauté.

Je peux, certes, aujourd'hui, choisir un autre chemin, mais je crois que celui-ci est le bon.

Et j'ajoutai.

Sur ce chemin se tient une personne qui, je crois, en vaut vraiment la peine. Et pour donner suite à ta demande, à mon anniversaire, je souhaiterais que tu viennes avec moi à un rite de passage du troisième millénaire organisé par le groupe Samasati.

Par ce geste, j'avais fait un choix. J'avais écrit ce courriel pour toucher un peu son cœur de rockeur. Et le reste, je le remettais « en haut ». Si cette relation n'avait pas à être, qu'elle s'arrête ou sinon qu'elle nous ouvre à une relation plus authentique, plus forte.

Quelques minutes plus tard, il répondit à mon courriel.

Tout ce que tu veux pour cette journée !

Au bas du message, il y avait un bonhomme sourire et trois cœurs.

Vers treize heures, le téléphone sonna à mon bureau. C'était Jacob : « Quelle est ta réponse pour Noël et la veille du jour de l'An ? » Je bégayais, car j'étais à moitié certaine de mon choix. « Je, je, je regrette, Jacob, j'ai vraiment passé une soirée magnifique, mais j'ai pris la décision de faire d'autres plans avec David. Tout ça, c'est trop rapide.

– Est-ce que l'on peut se voir samedi pour souper ?

– Désolée, je ne te l'avais pas encore dit, mais c'est le jour de mon anniversaire et je vais à une journée d'atelier à Montréal avec le groupe Samasati.

– Ah oui, et à quel atelier participeras-tu ? »

Je lui expliquai alors le programme dont le but était de célébrer le passage de ce nouveau millénaire. Il insista de nouveau pour souper avec moi. J'allais lui dire non quand il ajouta : « J'ai absolument besoin de te parler, Sophia. » Après tout, j'avais fait une demande au ciel, et j'avais reçu deux réponses... « OK, tu peux venir à mon loft », lui dis-je. Je lui donnai mon adresse. « J'apporte une pizza, dit Jacob.

– Oui, mais une végétarienne ! »

Je n'avais jamais été aussi fébrile de recevoir une personne à souper. Pourtant, je n'avais même pas à cuisiner. Lorsque la sonnette se fit entendre, j'étais comme une vraie petite fille qui attendait un cadeau tant attendu. J'avais monté une jolie table avec des chandelles et je fis décanter une bouteille de chianti. Comme nous étions affamés, nous avions tout de suite pris place. J'étais tellement nerveuse que je n'arrivais même pas à couper la pizza. Il me dit spontanément avec son large sourire : « Il y a de l'amour dans l'air. »

Dieu qu'il était sûr de lui ! Je devais être aussi rouge que la nappe.

Il sortit une carte de son veston. On y voyait une dame vêtue de bleu jouant de la flûte traversière. « C'est moi qui l'ai faite. » En effet, la carte était signée Jacob, 1998. « C'est magnifique, Jacob. Tu as vraiment du talent. »

En l'ouvrant, une faiblesse soudaine se fit sentir dans tout mon corps. Il y était inscrit : *Veux-tu m'épouser ? Jacob xx*

Prédiction

La première pensée qui me vint à l'esprit était la suivante : « Il est malade ! » La panique m'envahit. Il dut s'apercevoir de mon malaise et dit aussitôt : « Ma demande, je le sais, peut te sembler étrange. Ne te mets pas de pression et n'aie pas peur. Je t'explique. Je veux juste te dire que je suis allé à une séance avec une médium fort connue au Québec, et elle m'a vraiment communiqué que dans cette vie, tu étais l'une de mes deux âmes sœurs. Oui, je le crois, Sophia, car immédiatement lorsque je t'ai vue, je t'ai reconnue. Je sais que cela peut sembler fou, car toi, tu t'es fermée à l'amour. Tu as tellement peur que tu ne vois plus rien.

– Je suis désolée, Jacob, mais bien que je sois ouverte à la médiumnité, je me méfie des prédictions qui sont souvent données à partir de notre corps de vibration le plus bas, celui venant du corps astral, reflet souvent de nos désirs et de notre monde émotionnel. Donc, si tu désires vraiment que je sois ton âme sœur, alors la médium captera ce désir en toi et, sans mauvaises intentions, elle te livrera ce que tu souhaites entendre. Désolée de crever ta "baloune", Jacob.

» Selon moi, il faut user de beaucoup de discernement afin de distinguer ce qui vient du monde astral et savoir si cette médium est vraiment branchée aux hautes vibrations, à la bonne source. Désolée de mon scepticisme. Je ne remets pas en doute les compétences de tous les médiums, mais je fais preuve, tout de même, d'une certaine prudence vis-à-vis tout ce monde de la médiumnité et de la canalisation. »

Je ne me laissai pas impressionner par ces révélations. Je ne pouvais accueillir un geste et une déclaration aussi précipités. Saboteur ou pas, je ne sais pourquoi, une petite voix me poussa à lui proposer un atelier que j'avais fait quelques années auparavant et qui avait eu une importance dans mon cheminement.

Je détournai donc volontairement notre conversation et lui parlai de ces quatre jours intensifs. Il m'écouta avec grande attention. Il voyait bien que je n'avais pas pris au sérieux cette demande, mais il était très ouvert à ce que je lui proposais.

L'heure avançait et, ayant peu dormi la veille, je lui demandai gentiment s'il pouvait partir. Il acquiesça, se leva, mit son manteau, me serra très fort contre lui et m'embrassa sur la joue.

À son départ, j'éteignis les lumières et fis le tour pour m'assurer que toutes les portes et fenêtres étaient bien verrouillées. Oui, j'avais alors peur, peur de cet amour soudain, de ce prince trop charmant pour être vrai. Dans mon esprit rationnel, il était impossible d'être touchée aussi intensément par une énergie d'amour à la fois puissante et soudaine avec quelqu'un que je venais à peine de rencontrer !

Pourtant, dans mon cœur, je savais que cela était possible. Au moment même où cette pensée traversa mon esprit, j'ai été propulsée vers le passé, à ce jour mémorable où Dan était entré dans ma vie. Oui, tout cela me revint. Il était pilote d'avion. Lorsque mon regard avait croisé le sien, mon cœur avait été instantanément bouleversé. Je me souviens très clairement de ce désir intense de le revoir d'une façon ou d'une autre, de mes prières pour que cela se réalise. Et voilà que deux semaines plus tard, le destin l'avait remis sur ma route. J'ai tellement aimé cet homme que je l'aurais épousé la semaine suivante.

Dans mon cœur, cet amour a duré des années, même si au fond de moi, je savais que c'était un amour sans issue. Aujourd'hui, je sais que l'on ne peut retenir ces êtres qui ont une grande soif de liberté, mais à l'époque, j'avais l'impression de vivre une histoire d'amour tout droit sortie du film *Souvenirs d'Afrique*. Alors, je savais que le coup de foudre existait bel et bien.

Sincèrement, je ne savais plus quoi penser. Les dernières heures avaient été, pour le moins, perturbantes. J'étais à la fois exaltée et épuisée. Jacob était-il un être perturbé qui souhaitait plus que tout que sa « prédiction » se réalise ou simplement quelqu'un qui avait vécu, lui aussi, un coup de foudre ?

De mon côté, étais-je à ce point prisonnière de mes blessures passées que je n'arrivais même plus à reconnaître les sentiments sincères ? Avais-je à ce point enseveli la passion en moi ? Je ne savais plus, et malgré mon histoire avec Dan, je n'arrivais tout simplement pas à imaginer que l'amour pouvait se présenter, encore une fois, sous de tels habits et de manière aussi limpide et directe. Pourtant, c'est exactement ce que j'avais demandé ! On avait répondu à ma demande et moi, je me retrouvais plus confuse que jamais. Même mon intuition, qui était habituellement au rendez-vous, semblait s'être tout simplement volatilisée.

Oui, mon pilote s'était envolé et mon espoir d'aimer à nouveau aussi fort également. Oui, j'étais envoûtée, je vibrais, moi aussi, tellement fortement depuis ce fameux souper. Mais non, je ne pouvais pas… Je devais revenir sur terre.

Angoissée, au lieu d'appeler mon amie Louisa, j'appelai David. J'avais vraiment besoin d'un bon terrien pour me sécuriser. Encore une foi, avec son sens de l'humour et son côté grand protecteur, il me calma et me rassura.

Jour de ma fête

David et moi arrivâmes à l'atelier. C'était bondé de monde et de personnalités du domaine du développement personnel. Tous venaient émettre leur intention et célébrer à l'avance ce grand passage du nouveau millénaire. Je me félicitai d'avoir fait ce choix pour ma fête. Nous prîmes une place par terre, à l'avant. David s'absenta pour aller parler à une connaissance.

On me donna une petite tape sur l'épaule. En me retournant, surprise ! Jacob était là affichant son magnifique sourire. Il me remit une carte miniature en me souhaitant un joyeux anniversaire. À l'intérieur était collé un pétale de rose rouge et c'était écrit :

18 décembre 1999
Les autres pétales sont dans mon cœur…
Si tu les veux, il faudra bien, un jour, te décider à venir les cueillir.

Bonne fête !
Jacob
xx

Et il ajouta de vive voix : « L'autre partie t'attend chez moi. »

Je ne voulais pas le croire. Il était venu à Montréal en sachant que je venais ici avec David. Il avait du culot. Pour moi, était-ce de l'envahissement, de l'amour fou ou le grand amour ? Comment composerais-je avec la situation maintenant ? David avait été témoin de la scène. Il s'approcha et se présenta : « Je suis David. Tu dois être Jacob ? »

J'avais décidé de tout dire à David. Au cours de la soirée, Jacob m'invita à danser. À ce moment-là, je regardais tendrement David au loin, j'étais, oui, heureuse de l'avoir choisi pour venir célébrer mes 37 ans, mais maintenant au bras de Jacob, je ne le savais plus.

Deux jours plus tard, je reçus une longue lettre de Jacob.

Chère âme Sophia,

J'aimerais te raconter une histoire, celle d'une rose rouge bien spéciale qui se tenait là, un jour, sous la lumière de mon foyer. Si tu pouvais la raconter à cette femme qui porte ta vibration sur terre, en la berçant tout doucement, en l'enlaçant de cette tendresse, de cette chaleur, de cette présence dont tu me sais capable et qu'elle soupçonne à peine, je t'en serais reconnaissant. Car, vois-tu, s'il est vrai que j'ai envie de te la confier, elle, sans savoir l'avouer, a tellement besoin de l'entendre.

Tous les êtres implorent le ciel de trouver un jour, sur leur chemin, la rose de l'amour. Et il existe plusieurs types de roses qui conviennent à chacun. Toutefois, un jour se présente une rose bien particulière, porteuse d'un amour si puissant qu'il enveloppe, élève, transforme tout sur son passage en une merveilleuse aventure de découverte de soi et de la richesse de la vie.

Cet amour fait vibrer chaque fibre de l'être et fait, de ceux qui sont touchés par lui, des magiciens capables par un simple sourire complice de transmuter les événements, les lieux et les êtres à leur simple contact. Cet amour permet à ces êtres privilégiés de se dépasser en lui, par lui, à travers l'autre.

Cette rose-là existe depuis toujours. Toi, tu le savais bien. Moi, je l'ai découvert il y a peu. Les humains croient que les roses leur sont souvent offertes par le hasard, au moment où ils s'en attendent le moins. Mais toi, tu sais qu'au contraire, les roses, en général, et surtout cette rose très rare, tombent du ciel au moment et seulement au moment où les êtres sont prêts à les accueillir.

Comme l'amour est le plus grand pouvoir dont les êtres puissent disposer, et que cette rose bien particulière est la plus belle de toutes, l'amour ne se présente que lorsque l'être est digne d'utiliser son énorme potentiel créateur de la façon juste, conforme au plan divin.

Évidemment, cette rose ne fleurit pas, n'atterrit pas n'importe où, n'importe quand, ni dans n'importe quelles mains. C'est d'ailleurs en cela qu'on la reconnaît.

En apparence, au premier regard, elle est semblable aux autres, mais pour le cœur qui s'y prépare depuis longtemps, pour l'être qui a travaillé sur lui-même dans ce qu'il conçoit être ce qu'il y a de plus beau, de plus noble et de plus digne en lui-même, pour ces êtres qui ont cherché à élargir leur conscience et leur compréhension des choses de la vie, cette rose-là porte un parfum subtil qui ne trompe pas et qui n'a rien à voir avec celui des autres roses…

Très belle âme, toi que j'ai reconnue à travers la personnalité parfois méfiante, pleine de vie, de joie de vivre, de force et de sagesse, toi qui es tendresse, affection et sensualité, toi qui es accueil, compréhension et générosité, lorsque, cette nuit, la personnalité de Sophia se sera endormie, que ces mille raisons de refuser l'amour tant souhaité se seront évanouies, alors chuchote-lui à l'oreille… que je l'aime vraiment.

Mon âme est éternellement liée à toi.

Puissions-nous vivre cet état de fusion jusque dans le cœur et le corps des deux êtres humains que nous sommes.

Jacob
xx

Au lieu de recevoir cette lettre avec ouverture et sans les enchevêtrements de ma personnalité, je me refermai complètement. Je lui répondis *pronto* de ne plus m'écrire ! Pour lui, ce fut une douche froide.

Je le comprenais, mais moi, j'avais revêtu mon armure de femme tant de fois blessée par l'amour. Je sais que j'implorais tellement le ciel de pouvoir vivre à nouveau ce genre d'amour fusionnel, mais là, je ne pouvais m'y abandonner.

Pourtant, moi aussi, j'ai écrit tant de lettres d'amour exaltées, mais qui avaient trouvé écho seulement dans mon cœur meurtri. Je ne voulais pas toucher et ressentir encore aussi fortement cette vibration d'amour. J'avais trop peur d'y fondre, de m'y perdre. J'écrivis alors dans mon journal.

Je t'accompagne, Jacob, de toute ma lumière. Je te dis non, je ne peux pas, car dans cette relation, je me serais perdue. Oui, je sais qu'à la vie à la mort, je suis liée à toi pour l'éternité.

Et à voix haute, je demandai : « Seigneur, pourquoi ai-je si peur de l'amour ? » Et je me suis mise à pleurer et à me bercer. Cette peur est même inscrite dans les lignes de ma main. J'ai cette longue ligne du cœur qui monte vers le mont de Jupiter, qui signifie la recherche de la fusion et des amours idéaux. Mais, juste au bas, j'ai une petite fourche qui indique mon frein, mes peurs à vivre le grand amour et à ne pas croire en l'autre lorsqu'il me dit *je t'aime*. Donc, ma vie est une répétition d'amours souffrants. Comment vais-je inverser cela un jour ?

Jacob ne chercha plus à me joindre. Moi non plus. Et David n'hésita pas un instant à m'accompagner pour Noël et la Nouvelle Année en Abitibi.

Début 2000

J'avais décidé de m'inscrire à un cours de créativité à l'Université de Montréal et de me rapprocher du même coup de David. Il m'invita enfin à déposer mes pénates chez lui. Par ce choix, il venait de briser, aux yeux de ses *chums*, un schéma de vieux garçon célibataire. Il me laissa même enregistrer le message sur le répondeur. Il marquait un très grand pas. Il m'avoua plus tard à quel point ce geste avait été difficile pour lui.

Dans l'ensemble, le quotidien se déroulait assez bien. Nous avions seulement à faire les petits ajustements que comporte une nouvelle vie à deux.

Je constatai après presque six semaines de vie commune la différence de nos milieux de vie. Lui fréquentait un univers que je jugeais un peu *bum* et moi, j'étais la bonne fille bien naïve qui arrivait en ville, mais j'étais aussi la *flyée* du couple avec des champs d'intérêt et des histoires à saveur ésotérique. Lui, il était le pur et vrai bon terrien.

Même si j'avais tant souhaité que nous soyons réunis, un malaise intérieur que je ne pouvais expliquer me pesait. Avais-je pris la bonne décision ? Quelque chose m'empêchait d'être satisfaite, mais je ne savais quoi. J'arrivais à peine à m'avouer que c'était peut-être à cet ami protecteur que je m'étais attachée, mais pas vraiment à l'homme amant et, silencieusement, je pensais toujours à Jacob.

En parallèle avec mes études, pour gagner ma vie, j'avais décidé d'entreprendre un projet d'organisation de salons en médecine douce, avec la collègue qui voulait fonder également un magazine de conscience et qui m'avait servi de « prétexte » pour joindre Jacob en décembre dernier. Parfois, je repensais à lui en me demandant s'il avait été seulement placé sur mon chemin pour que David se décide à s'engager un peu plus envers moi. Je ne savais pas quel impact réel cette histoire avec Jacob avait eu sur David, mais elle avait certes été perçue comme une menace pour notre couple.

Parfois, je rêvais de Jacob et je me réveillais au matin avec le cœur triste. Je demandais constamment à mes rêves de me guider avant de m'endormir.

L'idée de faire un voyage en Inde se faisait ressentir encore plus fortement en moi. Un ami précieux et de longue date m'avait offert, pour Noël, sans être au courant de mes projets, un grand livre d'art sur l'Inde. Cela m'avait vraiment touchée et surtout confirmé que cette destination était la bonne. Cependant, je voyais mal comment, avec mes nouveaux engagements, je pourrais m'organiser, et ce n'était pas le bon *timing* pour David non plus. Nous avions donc laissé tomber cette idée.

Mon déménagement à Montréal, ma nouvelle vie avec David, mon nouveau travail et mes cours marquaient certainement un nouveau départ, mais quelque chose en moi m'échappait. Je n'arrivais pas à être heureuse et à ressentir l'emballement pour ce renouveau. J'étais bien, en quelque sorte, à me remettre au monde, à me créer une nouvelle vie, mais le courage me manquait, celui d'entendre ce qu'il y avait de vrai en moi. J'écrivis dans mon journal intime :

La passion m'a quittée
La passion d'aimer
La passion de créer
Pour créer, il me faut aimer
Comment faire naître cet amour ?
J'ai peur de ne plus jamais goûter cette ivresse

Est-ce que j'avais été vers celle que j'étais vraiment en venant habiter à Montréal avec David ?

Mon sommeil et mes rêves au cours des semaines qui suivirent étaient souvent agités. Et un rêve banal, mais récurrent, me revenait quant à Jacob. Nous étions, lui et moi, un couple et nous cherchions à échanger un meuble appartenant à David. Je n'arrivais pas à donner un sens logique à mon rêve.

Un beau matin, je ressentis le besoin de me confier à mon amie Louisa. Je décidai alors d'aller prendre un café au lait au bistro du coin et de joindre « S.O.S., âme en détresse ». J'espérais qu'elle réponde. J'avais besoin de son aide et de ses précieux conseils : « Louisa, c'est moi. » Ma voix était enrouée. « Louisa, je rêve constamment de Jacob, je ne suis pas sûre d'avoir bien fait de déménager avec David à Montréal. » La fin de semaine arrivait et je lui demandai si je pouvais aller crécher quelques jours chez elle. « Bien sûr, Sophia, tu sais qu'ici, c'est comme chez toi et que tu es toujours la bienvenue. Est-ce que ça ira, car tu m'inquiètes ?

– Je ne sais pas, je dois faire quelque chose. On s'en reparle lorsque je serai chez toi. »

Par la suite, je passai des heures à siroter un café et je pris la décision de chercher un appartement. Il me fallait vraiment quitter David. Ce n'était pas honnête de continuer avec lui.

J'avais décidé de rentrer à la maison et de prendre mon courage pour l'annoncer à David.

Il m'attendait et ne se doutait de rien. Je lui dis : « David, j'ai besoin de temps pour moi. Je crois qu'il serait préférable que je cherche un appartement ailleurs, car mon cœur est vraiment mêlé.

Toi et moi, nous sommes tellement différents… » Son visage changea immédiatement. Ses grands yeux bruns m'imploraient de ne pas partir. Je sentis quelques minutes de désespoir dans son regard et cela m'alla directement au cœur. Il s'approcha et me serra dans ses bras. Oui, j'avais le cœur noué. J'ai éclaté en larmes. Et nous avons gardé longtemps le silence, enlacés l'un contre l'autre.

Quelques heures plus tard, je rappelai mon amie Louisa et lui annonçai que, finalement, je n'irais pas à Neuville.

J'étais à moitié en paix avec ma décision…

Je repensais à mon rêve de Jacob. Était-il prémonitoire ?

Les jours et les semaines qui suivirent me firent sombrer dans des états de plus en plus tristes, voire dépressifs. J'appelai à contrecœur une clinique qui faisait conjointement une étude avec l'Université de Montréal sur la dépression. J'avais vu cette annonce dans le journal *Voir*. Je décidai de me prêter « en aveugle » à leur programme de douze semaines. J'espérais vraiment tomber sur leur produit naturel. Je devais avoir la tête de l'emploi, car le pharmacien me remit de grosses capsules et je me suis dit que ce devait être le millepertuis. Ouf ! Merci, c'était en lien avec mes valeurs. Le médecin qui fit mon suivi me confirma à la fin que j'avais effectivement eu le millepertuis.

J'étais allée tout de même visiter un appartement très sympa dans Outremont. David me dit, dans les jours qui ont suivi, qu'il ne pouvait me retenir, mais que ça lui faisait de la peine, car pour lui, son *condo* était aussi le mien. Nous l'avions décoré ensemble, et il m'avoua que lorsqu'il l'avait acheté, il avait espéré que je vienne habiter un jour avec lui et que, pour dire vrai, il s'imaginait fonder une petite famille avec moi.

Son orgueil d'homme un peu rigide, son « cœur de rockeur », me dit-il, l'avait empêché de me dévoiler trop vite ses sentiments, de peur de me perdre. Pourtant, c'est en me dévoilant ainsi son cœur qu'il me gagna.

Le 14 février

La Saint-Valentin arriva. Malgré tout, j'avais décidé de jouer avec le feu et de reprendre contact avec Jacob pour lui rappeler le fameux atelier pour lequel il avait démontré une ouverture en décembre dernier. Je croyais vraiment que cet atelier allait l'aider à lui faire faire d'énormes prises de conscience et qu'il vivrait moins en victime le fait que je n'aie pas choisi d'aller vers lui. Mais, mon intention n'était pas tout à fait claire ce jour-là en le joignant.

Évidemment, je redoutais d'entrer de nouveau en contact avec lui et, pourtant, malgré mon rapprochement avec David, je franchis le pas.

Ce qui m'avait aidée, c'est que j'avais reçu un courriel de Jacob, la veille, me disant qu'il était vraiment malheureux, qu'il ne comprenait toujours pas que je choisisse David plutôt que lui. En effet, j'imagine que son ego d'homme qui avait tout pour lui ne pouvait concevoir mon choix. Jacob et David étaient en effet tellement différents.

De plus, il ajouta qu'il avait joint une autre femme médium au Mont-Saint-Hilaire qui canalisait alors les entités de Marie. Elle lui avait confirmé que j'étais vraiment son âme sœur et que, tôt ou tard, nous serions réunis. Il s'était donc mis à prier. Il gardait espoir.

J'avais la gorge nouée. Comment pouvait-il s'acharner ainsi à garder espoir ? Il est évident que cette femme, sans mauvaises intentions, avait fait la lecture de ce qui était son désir profond.

Je décidai de répliquer à son courriel sans faire allusion à son écrit. Je me contentai de lui rappeler que le fameux atelier aurait lieu la fin de semaine de la Saint-Valentin. Comme j'étais animatrice bénévole, il était certain que j'y serais, que je le reverrais et que je passerais évidemment cette première Saint-Valentin non pas avec David, mais avec Jacob.

L'atelier – La grande révélation

Je me dirigeai en Estrie en admirant ce paysage que je ne me lassais jamais de redécouvrir. Le soleil était à son zénith, les montagnes étaient recouvertes d'un magnifique manteau blanc. C'était féerique. Plus je me rapprochais du centre et plus je sentais mon énergie s'élever. J'étais intriguée de le revoir. À mon arrivée, le stationnement était déjà bondé. L'équipe d'accueil était en place. Je réussis à me faufiler à travers tout ce beau monde en faisant les bonnes étreintes de convention.

À cet endroit, on avait l'impression de rentrer chaque fois dans une autre dimension. Ces gens que j'embrassais tout naturellement et que j'accueillais à bras ouverts, normalement, si je les avais rencontrés dans un autre lieu ou croisés dans la rue, je les aurais salués, mais d'un simple sourire.

Une fois arrivée dans la grande salle, je me mis à le chercher du regard. Sa grandeur fit que je le vis très rapidement. Il était déjà entouré d'un « femmes-club », ce qui ne m'étonna guère.

Je remarquai qu'il m'avait vue. Je sentis dans son regard une distance malgré son récent courriel. C'était normal, car je ne lui avais pas répondu ce qu'il souhaitait. Par contre, comme j'avais appris à cet endroit à sortir étonnamment de mon petit moi, la partie plus sage en moi ne se laissa guère intimider et alla le saluer. Je fis comme si je n'avais rien remarqué.

Il garda son air un peu indépendant, m'embrassa sur la joue et continua sa conversation avec une blondinette, une nouvelle que je ne connaissais pas. Je le voyais jouer sa carte de séduction. Ça me rappelait la première fois que je l'avais croisé. Puis, je me suis dit que cette fin de semaine, il en aurait pour son argent, car sur une centaine de personnes, presque la plupart étaient des femmes. Je me rendis compte que cela ne me dérangeait guère de le voir ainsi entouré des femmes qui, de toute évidence, étaient déjà envoûtées par son charme.

La cloche avait sonné, l'atelier allait débuter. Comme un troupeau bien dressé, chacun alla prendre place dans la grande salle aux sièges parfaitement alignés. Lorsque l'animatrice arriva, un silence envahit tout de suite les lieux. Cette dame avait un charisme tel que lorsqu'elle se mettait à parler, on pouvait entendre une mouche voler. Elle imposait le respect. Sa voix était douce, profonde, voire hypnotique, et ses propos étaient tellement convaincants que l'on ne pouvait que rester muet chaque fois qu'elle se mettait à parler.

L'exercice pour casser la glace en révélait long sur la personnalité de chacun. Jacob avait plutôt l'air d'un poisson dans l'eau. L'introduction avait été faite et la première soirée était terminée. Tous se dirigèrent alors aux douches et ensuite aux dortoirs.

Le lendemain, la journée se déroula avec des jeux, des méditations et des partages. Le soir, lors de la phase de défoulement, à ce stade, déjà, les gens enlevaient leur masque et révélaient de plus en plus leur véritable nature. Vint ensuite la danse d'énergie qui aida tout le monde à laisser aller son fou.

La troisième journée, les gens étaient alors plus ouverts à aller visiter les vieilles couches du passé, à se « conscientiser » dans leurs positions de victimes et à arriver à se prendre de moins en moins au sérieux.

Le jour suivant allait être plus intense. C'était le moment où l'on expérimentait les pouvoirs insoupçonnés de l'être. S'il y avait des sceptiques, eh bien, cette journée-là était celle pour les remuer dans leurs croyances !

Je remarquai que Jacob semblait être plus en retrait, plus introspectif. Était-ce relié à sa difficulté à entendre, à la fatigue, au processus qui l'ennuyait ou qui agissait sur lui ? Comme j'accompagnais un autre groupe, je ne pouvais trop m'y attarder et je voulais lui laisser vivre son expérience sans trop interférer.

La journée se termina et les gens semblaient tous épuisés.

Le dernier jour de l'atelier arriva. C'était celui où l'on pardonnait, enterrait, méditait, et de grandes prises de conscience étaient au rendez-vous pour aider la planète. L'énergie de la place était chargée. Les êtres le moindrement sensibles pouvaient le ressentir. On était un jour de pleine lune, ce qui n'était pas un hasard, et on se préparait, moi, je le savais, à entrer dans un processus assez fort de la fin de semaine.

Les lumières avaient été tamisées. Une musique angélique se fit entendre. La voix envoûtante de l'animatrice allait guider le voyage. Nous nous préparions à faire une profonde méditation et à nous projeter tout droit aux pays des guérisons.

Je surveillais Jacob de loin. Je ressentis une étrange sensation au niveau du plexus et du cœur. Le souffle des gens se faisait de plus en plus léger, d'autres, au souffle plus lourd, s'étaient endormis, mais tous, conscients ou non, se préparaient à ce périlleux voyage.

Je pressentais que ce périple allait bousculer l'existence de Jacob en raison de sa sensibilité, tout comme il m'avait bousculée quelques années auparavant et m'avait éveillée à une autre dimension de mon être.

Ce que j'appréhendais arriva. J'entendis sa voix au loin et, plus tard, il se leva, mais il n'était plus lui-même.

L'animateur de son petit groupe amena Jacob dans une pièce à part et veilla sur lui jusqu'à ce qu'il revienne dans un état plus calme.

J'avais été témoin de ce qui lui était arrivé. Tout le monde en avait été témoin. Je redoutais qu'une partie de lui le garde accroché à cet état. Je me sentais presque responsable. Je voulais être près de lui.

Comme c'est moi qui l'avais invité, on m'appela pour être à ses côtés. On nous laissa seuls dans cet espace éclairé aux chandelles. À travers la fenêtre, on pouvait distinguer l'immensité de la lune.

Il ouvrit les yeux et des larmes se mirent à couler. Il me raconta ce qu'il avait vécu. «Sophia, tu vas penser que je suis fou, mais je sais que tu vas comprendre», et il se remit à pleurer. «J'ai vécu quelque chose de tellement grand. Mon corps est comme entré dans un autre état de conscience. Je sentais plein de gens autour de moi à ma tête et à mes pieds, mais j'ai entrouvert les yeux et il n'y avait personne. J'ai dû combattre ma peur de ces forces invisibles autour de moi. Je me répétai sans cesse: "Ma lumière est plus forte que ma peur." Ensuite, j'ai été transporté dans un espace de lumière tellement lumineux que mon cœur a eu de la difficulté à le supporter. À ce moment, c'est comme si on m'avait aidé à me lever. Mais, Sophia, j'avais l'impression de ne plus avoir de corps et de complètement flotter.»

Et Jacob, les yeux lumineux, poursuivit: «Je me suis senti UN, plus aucun combat, plus aucune division. Je pouvais tout entendre. Je me suis senti entouré d'un amour tellement grand que j'ai eu l'impression de devenir cet Être et de faire UN avec tous les êtres à la fois. Je ne ressentais plus la pesanteur. Tout autour de moi est devenu une énergie vibrante de paix et d'amour.»

Il demeura ainsi dans un état presque de béatitude pendant plusieurs minutes. Je déposai sa tête sur mes genoux et caressai doucement ses cheveux. Mon cœur, à ce moment, s'est totalement ouvert.

Il reprit ses esprits et me dit: « J'ai vu et ressenti en moi Jésus, c'était lui, nous étions au paradis, c'était moi, nous n'étions qu'UN. Je n'ai jamais vécu rien de tel. » De nouveau, il pleura à chaudes larmes comme s'il venait de quitter une planète que, de toute évidence, il aurait souhaité ne jamais quitter.

Dieu que je le trouvais beau ! Son visage et ses yeux étaient d'une telle clarté, son corps était si chaud et vibrant que j'avais peine à me contenir moi-même. Il émana de lui quelque chose de différent et, ce jour-là, j'ai vraiment eu l'impression que je le connaissais depuis toujours, que je reconnaissais ce visage illuminé et que s'il était vrai que les vies antérieures existaient, eh bien, j'avais vraiment autrefois connu cet homme et je l'avais beaucoup aimé.

Je mis à nouveau sa tête sur mes genoux et lui passa la main dans les cheveux. Des larmes coulèrent sur ma joue. Je comprenais ce qu'il venait de traverser, car j'avais à quelques reprises vécu des états semblables. Je ne doutais nullement de ce qu'il venait de me partager. Je le croyais. Je savais maintenant pourquoi il était dans ma vie. Je savais que lui aussi avait une nostalgie du ciel, que sa véritable demeure lui manquait… Je savais maintenant pourquoi cet homme me magnétisait tant tout en me maintenant sur mes gardes. Je ne pouvais tout saisir, mais je savais qu'autrefois, j'avais souffert énormément pour cet homme et qu'aujourd'hui, il me fallait le garder plus comme un ami pour ne pas souffrir de nouveau.

Nous étions le 14 février 2000, le soir de la Saint-Valentin. À ce moment, mon cœur savait.

Je m'allongeai près de lui. Nous restâmes là, enlacés, à contempler le ciel. L'atelier allait bientôt prendre fin. Il me demanda si je voulais rester passer la nuit avec lui pour dormir. Il se voyait mal reprendre la route dans cet état. Je ne répondis pas.

Je sortis quelques instants et revins avec une rose blanche que je lui avais achetée avant de faire l'atelier. Je la lui remis et lui dis: « On raconte qu'à un certain niveau, la rose rouge symbolise l'amour-passion, la rose rose, l'amitié, et la rose blanche, l'amour inconditionnel. »

Son visage resta lumineux. Cependant, il savait alors que je ne resterais pas pour la nuit. « Je t'aime, Sophia, et je vais t'attendre jusque dans l'éternité. »

Je repartis avec une copine vers Montréal. Le ciel me semblait plus merveilleux. Je retournai voir David qui lui aussi m'attendait.

J'arrivai alors qu'il était passé minuit. « J'ai eu peur que tu ne reviennes pas cette nuit, me lança David. J'avais hâte que tu arrives », et il m'offrit un collier d'émeraudes avec boucles d'oreilles assorties. « Joyeuse Saint-Valentin », me dit-il avec ses grands yeux bruns et le cœur noué.

Moi, j'étais heureuse de le revoir, et comme chaque fois que je voyais Jacob, je revenais étrangement auprès de David le cœur tout ouvert et dans une énergie d'amour encore plus grande.

Nous n'avons pas reparlé de Jacob.

Fin mars – Mon besoin d'espace

Les semaines qui suivirent allèrent plutôt bien entre David et moi. Malgré tout, je continuais de chercher un appartement. J'avais toujours ce besoin d'avoir une bulle et de prendre un recul. Cependant, tout ça me semblait un fardeau, car la fatigue et une sorte de vague à l'âme, malgré le traitement, persistaient.

Nous étions en mars. Un beau matin, j'entendis de nouveau David sortir pour aller chercher le journal. Il revint beaucoup plus tard, le visage blême. Il me regarda et éclata en sanglots. David ne pleurait jamais. Cela m'a bouleversée de le voir ainsi. Quelque chose de grave venait d'arriver. En effet, un ami à lui, que je ne connaissais pas, venait de mourir dramatiquement : « Ne t'inquiète pas », lui dis-je. Et il se remit à pleurer. Je pris sa tête contre mon épaule et le consolai comme un petit garçon. Il avait mal, et si j'avais pu le bercer, je l'aurais fait.

À ce moment, je me suis dit qu'il avait besoin de moi, que je ne partirais pas. Je le sentais comme une brebis égarée et, ce jour-là, j'ai pris la décision que je serais comme son berger et que je le ramènerais en sa véritable demeure…

Alors, je fermai les yeux, essayant d'oublier que je m'étais engagée dans un chemin périlleux pour lequel, je l'espérais, je ne vendrais pas mon âme, car de toute évidence, je n'étais plus en respect de moi-même et de mes réels besoins.

À la nuit venue, selon David, je prononçais sans cesse le nom de Jacob durant mon sommeil.

Ma session à l'université acheva et tranquillement mon énergie remontait. Le traitement devait enfin agir. Tout me semblait plus léger. J'échangeai avec Jacob quelques courriels. Il avait décidé, en parallèle avec ses conférences et la rédaction de ses livres, de lancer une revue pour l'éclosion d'une nouvelle conscience.

Après l'atelier de février, il s'était montré plus respectueux envers ma relation avec David. Ce dernier, pour sa part, accepta de manière très mature que je garde un lien avec Jacob.

Jacob m'offrit de me lier à son projet en tant que collaboratrice. Un beau matin, il me joignit: «Sophia, j'ai pensé à toi. Tu pourrais nous aider, ma collègue et moi, dans un premier temps, à vendre de la publicité et à écrire des articles en tant que journaliste. Je t'apprendrais le métier et t'offrirais une part des profits. Il n'y aurait pas beaucoup de revenus au début, mais je suis certain que nous trouverions une entente qui soit juste pour tous.»

Il m'expliqua donc son plan avant-gardiste de copartage des profits qu'il souhaitait mettre en place pour les gens qui se joindraient à l'équipe. «Ainsi, tous se sentiraient un peu copropriétaires du magazine et travailleraient, je l'espère, de manière plus motivée à sa réussite», me dit-il.

Du coup, sa demande m'enthousiasma, son projet était emballant et correspondait entièrement à mes valeurs et à ma vision de contribuer à un monde meilleur. Il allait dans le sens du salon que je préparais. Je lui répondis: «Jacob, c'est très intéressant, je vais réfléchir à ton offre. À bientôt, bisou.»

Je raccrochai et me surpris de cette spontanéité si familière avec mon «bisou». Sa proposition impliquerait inévitablement un rapprochement de lui, des rencontres fréquentes, plus d'échanges de courriels et de coups de téléphone. J'y voyais un danger pour ma relation avec David. Oui, un doute persistait…

Jacob, pour moi, était tellement en apparence mon homme idéal. Il était à l'opposé de David. Plusieurs personnes croyaient que Jacob et moi formerions un plus beau couple.

Un jour, ma grande amie Louisa, même si elle m'avait encouragée au début à aller vers David, avec le temps, eut la franchise de me dire qu'elle ne comprenait pas tellement notre relation, que, de toute évidence, Jacob et moi avions beaucoup plus d'affinités. D'autres personnes de mon entourage étaient allées dans le même sens.

Est-ce que j'étais aveugle, maso ou amoureuse ?

Je n'étais pas toujours claire intérieurement. David représentait pour moi un lien viscéral, quelque part, un lien aussi tordu d'un mélange entre ma mère et mon père. Je savais que cette relation était presque malsaine, mais chaque fois que je m'étais dit que j'allais le quitter, c'était souffrant, et une partie de moi avait l'impression qu'elle allait mourir.

Cependant, je reconnaissais que Jacob exerçait un pouvoir terrible sur moi, mais une part de moi essayait de me convaincre que ce serait trop envahissant, fusionnel et contrôlant. Et je voyais en lui comme une forme de miroir… qui parfois me faisait peur. Comme Jacob avait besoin de moi dans son projet seulement vers la fin août, je me suis dit que, d'ici là, je repenserais à tout ça.

La cabane à sucre

Chaque année, mes amis et moi avions un rituel sacré, celui de nous retrouver à la cabane à sucre de René pour célébrer son anniversaire et souligner aussi celui de mon amie Louisa. Je lançai l'invitation à David: « Viens-tu en Beauce avec moi à la typique cabane à sucre de René ? »

David ne se sentait pas d'humeur, cette fin de semaine, à aller festoyer avec mes amis. Par ailleurs, il ne se sentait guère souvent à l'aise parmi ces derniers, qui avaient de fortes tendances aux conversations un peu trop philosophiques et spirituelles pour lui. Un terre à terre comme lui s'en lassait rapidement. « Je préfère que tu y ailles seule. Tu t'amuseras davantage ainsi, dit-il.

– C'est comme tu veux, David ! »

Après deux heures de route, j'entrai tranquillement dans le paradis vallonné d'érables. Je roulais, ravie, en cette magnifique journée ensoleillée. J'admirais le paisible paysage. Le soleil faisait scintiller le manteau blanc de cette typique campagne beauceronne. Et la pensée soudaine de Jacob vint à mon esprit. Sans penser vraiment aux conséquences, je pris mon cellulaire et l'appelai.

À ma grande désolation, il n'était pas là. Je lui laissai tout de même un message sur sa boîte vocale lui disant qu'il pouvait venir nous rejoindre s'il en avait envie et lui expliquai le chemin pour se rendre. Mais, je n'avais pas vraiment d'espoir.

J'arrivai enfin, avec la joie de revoir tout ce beau monde. René, avec son air bon enfant et ses joues rouges, m'ouvrit grands les bras en guise de bienvenue, content, lui aussi, de me revoir. Louisa était déjà arrivée, Marie et Luc, nos deux boute-en-train, et Suzanne, notre ange de sagesse, étaient là. Mon amie Yolande, naturopathe, et ses deux enfants préparaient déjà la popote.

Deux amies de René, super sympas, avaient le profil parfait pour animer une cabane à sucre. L'une jouait de la musique à bouche et l'autre, du violon. Et il y avait notre gros nounours, Mike, qui chauffait le poêle tout en se sucrant le bec.

Nous étions réunis dans cette pittoresque cabane en bois et ça sentait bon le sucre d'érable. La chaleur humaine nous faisait nous sentir bien. Le prétexte de cette journée était aussi d'aider René à ramasser les chaudières d'eau d'érable qui avait cette journée abondamment coulé des arbres. Aidés de sa vieille jument Romy, nous passions d'arbre en arbre faire la récolte tout en nous amusant. Après cette fastidieuse expédition, nous retournions nous réchauffer, et c'était aussi une pause de rires, de rigodons et de danses. La noirceur commençait à s'installer. René s'apprêtait à couler le sirop récolté dans la journée. Miam, miam, nous allions bientôt nous sucrer le bec.

Après ces quelques heures de plein air, d'exercices et de bon sucre, j'ai senti une petite fatigue monter. Je m'excusai auprès de mes amis pour aller m'étendre quelques minutes sur le lit de camp monté dans une grange au fond des bois. C'était le refuge de notre ami René. Il venait y séjourner quelques mois par année, le temps que dure la saison des sucres. Il avait isolé ce refuge et créé toutes les commodités pour le rendre habitable et confortable. Il y avait même l'électricité. Seule la toilette manquait. Elle était installée de manière très rudimentaire, plus loin, dans les écuries. Il fallait tout de même conserver le cachet des lieux.

À mon grand bonheur, il y avait un appareil pour écouter de la musique et une pile de CD. Je choisis d'écouter *Fragrances of a Dream* de Kobialka. Et la pensée de Jacob me vint. Que j'aurais aimé qu'il soit là, avec nous ! Il ne quitta pas mes pensées. Pourquoi cette obsession soudaine de le revoir ? Je me sentais coupable, je me demandais pourquoi ce n'était pas David que je voudrais près de moi à ce moment. Sur cette pensée troublante, je m'assoupis.

Je ne sais trop combien de temps s'était écoulé, mais je me réveillai en sursaut. Jacob, tel un prince charmant venu délivrer sa princesse d'un long sommeil, était planqué là, devant moi, à me regarder me réveiller. « Bonjour, belle princesse, ça va ? Suzanne m'a dit que je pouvais te retrouver ici. »

Mon cœur se mit à battre très fort. Que je le trouvais beau ! J'étais heureuse qu'il soit venu ! Il vint s'asseoir près de moi et me dit : « J'étais là depuis un bout à te regarder dormir. Tu avais l'air de la belle au bois dormant », dit-il. Cela m'attendrit. « Merci de m'avoir invité. Je n'ai vraiment pas hésité à venir te rejoindre. » Nous ne nous étions pas revus depuis la Saint-Valentin dans l'Estrie.

Son énergie était différente, mais je ne savais pas expliquer en quoi. Il avait eu le temps d'aller voir les gens à la cabane et, drôle de coïncidence, il connaissait Suzanne. Il était allé à l'école avec elle. Je décidai de me lever, sentant un léger malaise à me retrouver aussi intime avec lui. Le repas allait bientôt être servi. Une immense table couverte d'une nappe à carreaux rouges, de bougies et de plats trop gourmands nous attendait. Chacun y allait de ses petites histoires rigolotes.

Après la soirée, René proposa la création d'un conte collectif. Comme dans tous les bons contes, il commença par « Il était une fois… » On se retrouva vite dans un monde de magie blanche et de magie noire. Vint le tour de Jacob. Il enchaîna de manière bien naturelle et se leva même pour mimer son passage. C'est comme s'il avait toujours fait des contes. Je découvris un autre de ses nombreux talents et je me suis dit que ses enfants devaient l'adorer lorsqu'il était ainsi. Admirative, je le regardai et sentis la chaleur dans mon cœur monter. J'éprouvais, oui, même si je n'en avais pas le droit, un sentiment amoureux pour cet homme.

Après, on a mangé un dessert décoré de 41 bougies pour honorer nos deux jubilaires, Louisa et René, qui avaient le même âge. Et ce fut la danse traditionnelle de circonstance amorcée par nos violonistes de la place. Jacob s'amusait comme un fou et moi, après un bon petit verre de caribou, je consentis à me laisser entraîner dans ses bras réconfortants au rythme joyeux des rigodons et des gens qui tapaient dans leurs mains.

Après avoir dansé jusqu'à l'épuisement, Jacob me proposa de partir avant d'avoir bu trop de vin et de me raccompagner jusqu'à Neuville, ne sachant pas que j'étais venue seule en voiture. Louisa, complice, savait que je n'aimais pas conduire dans le noir et voyant mon état, me dit qu'il serait mieux qu'elle conduise elle-même ma voiture jusque chez elle. Elle était montée avec notre ami Luc. Cela lui éviterait un détour. Alors, tout s'arrangea pour que je reparte effectivement dans le carrosse sportif du beau prince.

Il m'invita à venir prendre un café chez lui, tout en souriant, car il se rappela que j'avais dit non quelques mois plus tôt à toutes ses invitations pour un café. Sans l'ombre d'un remords, le caribou aidant, j'acceptai. « Et je reviendrai te reconduire à Neuville après, c'est promis ! » dit-il.

Sillery

Après sa séparation, Jacob avait dû quitter sa maison du Lac-Saint-Joseph pour aboutir dans un nouveau quartier non désagréable de Sillery. Il avait comme une gêne de m'inviter dans son *bungalow* qu'il trouvait plutôt modeste en comparaison de la maison de pierres qu'il avait auparavant. En ouvrant la porte, nous fûmes accueillis par son gros et vieux Copain à la bouille vraiment des plus attachantes. J'avais un faible pour les golden retriever et lui était vraiment craquant. Lorsque Copain daigna enfin nous laisser entrer, Jacob alluma les lumières et je fus agréablement surprise de voir à quel point tout était rangé et propre. Je trouvais cette petite maison très bien, ça sentait le neuf, c'était un peu dénudé, car il lui était resté peu de meubles, mais je voyais dans cet endroit un beau potentiel pour la décoration. C'était mon passe-temps et c'était automatique, dès que j'entrais quelque part, ma tête décorait déjà les lieux. Même la salle de bain était impeccable. Il me fit faire le tour, et arrivé en bas, il était fier de me faire visiter son bureau et son atelier de création. « J'ai tout fait moi-même.

– Wow ! Un homme manuel, dans mon livre à moi, c'est vraiment un plus. »

Il avait commencé une immense reproduction d'une œuvre de Michel-Ange. J'étais abasourdie par la précision du travail fait jusqu'à maintenant. Je savais, par la carte qu'il m'avait offerte, qu'il était talentueux, mais à ce point... Je compris alors pourquoi il avait déjà gagné un prix. Il me montra des photos de ses trois enfants et son portfolio de mannequin. Il m'offrit de garder deux photos à mon choix. «Je suis flattée, Jacob, mais je préfère de beaucoup avoir des photos de toi plus au naturel.»

Il sortit un album de famille et je choisis les premières photos prises par sa fille aînée qui avait alors six ans. Il me montra alors une photo de son ex-femme, et il me dit alors combien il la trouvait belle. J'acquiesçai, car elle était effectivement très jolie.

Il m'invita à m'asseoir au salon et me fit écouter le CD d'Isabelle Boulay. J'ignore si c'est la mélancolie de cette chanteuse qui le plongea dans de telles conversations, mais il reparla de son enfance. «J'ai grandement souffert de ne pas sentir l'amour de ma mère, et cela a été ainsi tout au long de ma vie. Un peu plus tard, à l'adolescence, lorsque mes premiers signes de surdité sont apparus, cela n'a guère créé un rapprochement avec elle.»

Et il ajouta tout de suite: «J'ai eu la chance d'avoir un père pour passer au travers, même s'il nous a quittés lorsque j'avais à peine sept ans. Je suis toujours demeuré proche de lui. Et j'ai eu une belle-mère, Katherine, tellement extraordinaire. Elle est pour moi ma deuxième mère.»

Il me reparla alors de son union avec son ex-conjointe, il me dit combien sa relation dans les derniers temps avait été difficile et, comme bien des couples qui se séparent, que l'histoire de la garde n'avait vraiment pas été évidente.

Il me raconta plus en détail sa montée fulgurante après sa sortie de l'Université Laval comme architecte et ensuite comme chef de cabinet. «Je planifiais monter avec l'équipe de mon cabinet un grand projet de maisons ultra*design* et écologiques dans le coin du Lac-Saint-Joseph en m'inspirant des modèles de Californie et d'Australie. Ensuite, je voulais exporter notre concept à grande échelle.

– Wow ! Passionnant. Moi qui à neuf ans rêvais d'être architecte, je me suis contentée de faire quelques cours en décoration intérieure, mais je n'arrête pas de faire dans mes passe-temps, au lieu de mots croisés, des plans à l'échelle de maisons. Je vois encore la flamme dans tes yeux, Jacob, mais pourquoi ne pas avoir poursuivi ton rêve ? Tu n'es pas le seul à avoir eu des problèmes de surdité et, aujourd'hui, avec tous les appareils qui existent…

– Ce doit être mon orgueil, Sophia. Il m'était de plus en plus difficile de comprendre les ingénieurs et de saisir toutes les conversations lorsque des investisseurs se présentaient. De plus, mes collègues me notaient trop souvent mes inattentions et, un jour, le grand patron est arrivé et m'a fait comprendre que je ne pourrais pas avoir accès au poste que j'espérais tant, celui de chargé de projet international. Ce fut le début de la fin. La suite, tu la connais. »

Avec une grande tristesse, il est revenu sur son problème de surdité. « Avoir tout perdu, je te l'avoue, me fait vivre depuis quatre ans des hauts et des bas. Je me sens de plus en plus seul. J'ai de la difficulté à suivre une conversation dans un lieu public. Mon appareil ne règle malheureusement pas tout. Un jour, des bourdonnements stridents continuels, sortis de nulle part, sont venus me hanter. Je n'entendais plus le souffle de mon amoureuse, le vent dans les feuilles, le chant des oiseaux. Plus tard, ce fut le son du téléviseur, la sonnerie du téléphone, les conversations amicales, les pleurs et les rires de mes enfants. Même les aboiements de Copain devenaient de plus en plus lointains. »

Je pensai alors à mon père, qui avait été tellement, autrefois, un bon vivant, le boute-en-train des soirées, le vrai gars sociable qui parlait à tout le monde, mais qui, depuis que son problème de surdité s'était amplifié, s'isolait lui aussi toujours plus. Lui qui partait chaque année avec ma mère en voyage… Aujourd'hui, cela ne l'intéressait plus, de même que les bons soupers au resto, et ce, en raison de sa difficulté à suivre une conversation qu'occasionne parfois le bruit strident venant de toutes formes de sons environnants : musique, conversations de tables voisines, etc.

Jacob poursuivit : « Au début, je n'ai pas voulu me laisser abattre, mais le jour où ma propre voix m'a semblé étrangère, oui, Sophia, je me suis mis à dégringoler, car je devais faire semblant. Je devais afficher à tous un visage heureux sans pour autant arrêter d'être triste. Donc, un beau matin, le héros que j'étais s'est retrouvé sans le sou, sans travail. Sa cellule familiale était brisée, son cœur était en mille miettes et il était absent de corps et d'esprit. »

Soudainement, il venait vraiment de retirer son masque d'homme parfait. Sous les apparences du gars qui avait tout pour lui, cette façade souriante et rayonnante, se cachait une lourdeur de vivre évidente couronnée par une vie amoureuse difficile depuis le berceau... Que j'aurais voulu le serrer dans mes bras ! Je ne sais s'il pouvait lire dans mes pensées, mais il me demanda alors de pouvoir s'étendre près de moi afin que je puisse le serrer contre moi.

« Je n'ai pas reçu l'affection d'une femme depuis longtemps et cela me manque », m'avoua-t-il. Étant donné que j'étais une affectueuse de nature, je fis complètement abstraction de David et je répondis à sa demande. Il alla remettre le CD d'Isabelle Boulay... Il trouvait qu'elle avait une allure romantique comme moi. Il me fit redécouvrir ce disque en fredonnant les paroles que je pensais déjà connaître. Jacob, à cause de son handicap, avait l'habitude de lire les paroles d'abord pour les apprendre par cœur afin de pouvoir ensuite se laisser aller un peu plus à la mélodie. Il était là, allongé près de moi, chantant étonnamment juste. Je lui dis alors que ma préférée était *Ne tuons pas la beauté du monde*, que Diane Dufresne interprétait aussi à merveille. « Moi, j'aime bien la dernière qui est chantée a cappella, *La belle s'est endormie*. Et il y en a une autre qui me fait vraiment penser à nous deux, soit *L'amour dans l'âme*. »

Il commença à m'étreindre de plus en plus fort, m'implora avec un air de gamin capricieux de me laisser masser le dos. Il commençait à se faire très tard. Je ne savais pas si je devais répondre oui à une demande qui devenait un peu plus compromettante pour moi. Il me promit d'être sage, alors il m'invita à aller dans sa chambre, d'enlever mon chandail, qu'il ne me regarderait pas. Avec toute ma pudeur, je ne sais pourquoi j'enlevai mon chandail. Je m'allongeai sur le lit et la pensée de David m'empêcha de me laisser vivre cet instant présent qui aurait dû, en d'autres circonstances, être un moment tendre et relaxant. Ces mains, au lieu de me faire du bien, crispèrent chacun de mes muscles. Une petite voix me rappelait: « Tu ne peux pas, Sophia, tu as choisi de l'aimer comme ami pour ne pas souffrir, souviens-toi. »

Il essaya de m'embrasser. Je résistai, luttant avec mes petits démons, et lui dit fermement: « Jacob, je ne veux pas aller plus loin, je suis désolée, je dois rentrer. Je ne suis pas libre. » Il n'insista pas. Visiblement déçu, il se leva du lit et maugréa quelque chose à Copain qui ne nous avait pas lâchés d'une semelle de la soirée.

Dehors, il faisait froid, et je ne sais trop pourquoi, mais dans mon cœur, il se mit à faire froid aussi.

Durant les trente minutes qui suivirent, aucun mot entre lui et moi ne s'échangea.

Devant la porte de chez Louisa, il me regarda d'un air triste. Il m'embrassa sèchement sur la joue. Son silence me disait qu'encore une fois, je l'avais rejeté. Et quand il partit, mon cœur soudainement voulut fondre.

Pourquoi étais-je ainsi ? Pourquoi étais-je prise dans cette situation à aimer deux hommes en même temps ? Est-ce que je vivrais ainsi constamment le cœur déchiré, à faire souffrir les autres ? À quel jeu jouais-je ? C'était pourtant évident que je devais aller vers Jacob et rompre avec David, qui jamais ne pourrait me donner cet idéal d'amour et de vie que je désirais. Qu'est-ce qui m'empêchait d'aller vers Jacob ? Était-ce parce que j'avais souffert dans une autre vie avec lui que j'allais souffrir à nouveau dans celle-ci ? Il avait pourtant tout ce que je désirais. Sa surdité ne me dérangeait guère. Plein de femmes auraient souhaité avoir cette chance. Mais moi, je ne la saisissais pas. Est-ce que j'avais assez d'amour de moi-même pour recevoir tout son amour ?

La vie m'avait pourtant fait signe plus d'une fois de quitter David…

Je rentrai en étouffant mes larmes afin que Louisa ne m'entende pas. Elle me respectait, mais ne m'approuvait pas dans ma manière de faire, de ne pas choisir l'évidence.

J'étais blottie contre mon oreiller à me débattre avec mes sentiments. Cela ne pouvait plus durer, je devais faire un choix. Et cette petite voix intérieure résonnait à nouveau : « Tu ne peux pas. »

Je rentrai à Montréal plutôt déprimée. Normalement, j'aurais dû revenir enjouée et pleine d'énergie. Le contact avec mes amis était toujours bénéfique. Là, il me fallait affronter David et lui dire ce qui se passait réellement en moi.

Je ne savais pas comment. Malgré toutes nos différences, il était bon pour moi et j'étais attachée à lui. Je ne voulais pas le perdre et, surtout, je ne voulais pas lui faire de mal.

Comme il n'était pas là à mon retour, je repris la lecture du livre *Conversations avec Dieu* et je tombai sur un passage : « Aucune action qui fait souffrir un autre ne mène à une évolution rapide. » Et un autre : « Avoir besoin de quelqu'un est la façon la plus rapide de tuer une relation. » Ces passages n'avaient rien pour me réconforter. Je me sentais le démon en personne. Je m'habillai, allai marcher et me rendis à l'église Saint-Jean-Eudes, le saint des causes désespérées.

Je me sentis seule avec moi-même et, comme à chaque impasse dans ma vie, je suis allée à l'église allumer une bougie pour éclairer mon esprit et m'aider à ne pas faire souffrir ainsi ceux qui m'aiment.

Sur le chemin du retour, je croisai David. Il arrivait en même temps que moi et il était tout heureux de me retrouver.

Je rentrai à la maison et, dans son regard, je vis qu'il savait, mais ni lui ni moi ne voulions en parler.

Les jours qui ont suivi m'ont plongée dans un sombre passage. Je n'avais plus de motivation pour le projet de salon. Il me fallait être responsable si je voulais assurer un succès à cet événement. Les organisateurs comptaient sur moi. J'avais alors décidé de voir mon médecin. Il me conseilla d'aller chercher de l'aide auprès d'un thérapeute ou de prendre une distance, un séjour à l'extérieur, une retraite, bref, de ne prendre du temps que pour moi-même.

Mais je ne fis rien.

La semaine suivante, je reçus par courriel une lettre de rage de Jacob. Je ne l'avais pas joint. Il ne comprenait toujours pas pourquoi je ne quittais pas David et il en avait assez d'être un yoyo.

J'aurais voulu lui expliquer, mais les prières ne m'avaient guère éclairée, du moins, c'est ce que je pensais. Je ne pouvais moi-même l'expliquer, je savais juste que je ne pouvais pas quitter David.

Deux semaines plus tard, je reçus un autre message de Jacob, celui-ci était étonnamment plus doux. Il me disait qu'il allait préparer une série de conférences à travers le Québec avec son nouveau livre, qu'il était tout emballé et qu'il souhaiterait que je puisse assister à sa première à Québec pour que je lui donne mon avis en tant que coordonnatrice d'événements et professionnelle des communications.

Printemps 2000 - Les conférences

Je me trouvai donc un prétexte d'affaires. Je devais rencontrer depuis un moment des clients potentiels pour le salon qui résidaient justement à Sainte-Foy. J'allai du coup à Québec pour sa première.

De toute évidence, Jacob était un orateur-né. Il avait un charisme incroyable sur une scène. L'auditoire semblait boire toutes ses paroles. Il avait l'air d'un *preacher* détenant un peu trop fortement la vérité. D'ailleurs, je lui fis la remarque plus tard, lors d'un tête-à-tête au restaurant.

À l'aide du logiciel PowerPoint, il présenta son nouveau livre. À la pause, on se dirigea à la table pour lui acheter son livre et obtenir sa signature. La deuxième partie de la conférence était faite pour émouvoir le public. Il relatait son histoire de surdité et le contact avec tout son pouvoir intérieur qu'il n'aurait découvert sans cela. Il donna ainsi un sens aux épreuves et maladies qui nous arrivent.

Après de chauds applaudissements, il me trouva dans la salle, vint à ma rencontre et me serra fortement contre lui. Je ne résistai pas. Il m'invita à venir rencontrer son père, sa belle-mère, sa cousine préférée et ses tantes. J'étais mal à l'aise. Il leur avait déjà parlé de moi. Son père me fit une blague qui m'a fait rougir et que je n'ai pas entendue tellement j'étais gênée.

Je l'aidai à ramasser ses affaires et nous allâmes au Cochon dingue à Sillery. Il m'avoua son malaise à faire ainsi une conférence de positivisme, car il traversait une période assez difficile avec son ex-conjointe et il ne se trouvait pas tout à fait intègre de faire ce genre de discours. Mais, il fallait qu'il gagne sa vie, et on venait de lui refuser une indemnité pour son problème de surdité sous prétexte que, même s'il ne pouvait plus être chef d'équipe, il pouvait très bien vivre du métier de journaliste et d'écrivain.

« Mais ce soir, Sophia, je suis tellement heureux que tu aies été près de moi pour ce moment important. C'est tout ce qui compte. »

Après environ deux heures d'échange, le resto allait encore une fois fermer. Nous avons dû de nouveau nous séparer. Il se faisait tard et j'avais une rencontre très tôt le lendemain matin. Il me serra très fort contre lui. Il régla la facture et je quittai rapidement, de peur qu'il me demande de l'accompagner chez lui.

À mon retour, le lendemain, je retrouvai un mot dans ma boîte de réception.

J'ai une autre conférence le 18 avril, à Rimouski, souper et chambre payés. Viendras-tu ?

Il me restait une semaine pour prendre une décision. Je plongeai de nouveau dans une tourmente. Je constatai comment cet homme pouvait magnétiser bien plus qu'un auditoire, car il avait complètement envoûté mon cœur.

Mon énergie s'affaiblissait de jour en jour. Je n'avais plus aucune concentration pour mon travail. J'allais une fois de plus à l'église pour prier. Puis, je pris la décision de parler à David pour lui expliquer que ça n'allait plus. J'avais vraiment besoin de quelques jours de recul. Mon amie Louisa faisait un atelier de mandalas le dimanche suivant et je me suis dit que cela pourrait certes m'aider.

J'étais à ce point fatiguée que je décidai de ne pas prendre la voiture, mais d'y aller en autobus. Je quittai David le cœur en mille miettes. Il ne savait pas si j'allais revenir, et moi non plus.

J'arrivai chez Louisa. Elle m'accueillit comme chaque fois pour m'aider à recoudre en partie mon cœur déchiré.

Au moment de l'atelier, qui se déroulait dans un ancien presbytère de Neuville, rien ne voulait émerger. Je découpais des images inspirantes ici et là dans les revues pour les poser sur mon cercle et en faire un mandala. Il devait représenter ce que nous souhaitions manifester dans notre vie.

Nous étions huit, et j'étais la seule à bloquer. Je ne pouvais donner aucune forme signifiante pour moi à ces images. J'avais mal au cœur. Qu'étais-je en train de faire de ma vie ?

Je conservai ces images, remballai mes affaires et allai méditer près du fleuve. L'air du printemps était frais et les vagues, réconfortantes. Je passai un long moment seule sur la grève et, après avoir longuement réfléchi, je pris une décision. Je remontai rapidement chez Louisa et décrochai le combiné. « Si l'invitation tient toujours, Jacob, je vais aller avec toi, demain, à Rimouski. »

Il arriva dans sa jeep verte à l'heure convenue. Il était fou comme un enfant qui venait chercher enfin un cadeau tant attendu. Il rentra chez Louisa avec son large sourire et m'ouvrit les bras. Moi aussi. Et sous un soleil radieux, nous décollâmes en longeant la route panoramique 138. J'étais à ce moment en paix avec ma décision. Les quatre heures de route passèrent très rapidement. Nous bavardions de tout et de rien.

Le soir venu, il fit sa conférence en révisant quelques parties, comme je le lui avais recommandé. Je le vis à l'œuvre avant la conférence avec l'équipe technique et je remarquai son respect envers les autres et son sens du *leadership*. Cela ne m'étonna pas qu'il ait été, très jeune, chef de division d'une multinationale.

La conférence fut un succès. Nous rentrâmes à l'hôtel. Je lui avais demandé de prendre une chambre à deux lits. C'est au moment de choisir si j'allais dormir seule ou avec lui que je pris conscience que ma décision pourrait avoir un impact majeur.

Je profitai du temps qu'il était à la salle de bain pour enfiler ma nuisette blanche en dentelle. Je me rendis compte que sa porte n'était pas complètement fermée et qu'il pouvait dans le miroir m'apercevoir en train de me déshabiller. Tout d'un coup, je suis devenue mal à l'aise à cause de cette trop grande intimité. Tout cela ne serait pas sans conséquence. Je le savais. Une forme de malaise s'empara de moi et je lui dis : « Jacob, si tu n'y vois pas trop d'inconvénients, je préférerais que chacun dorme dans son lit. Je ne me sens pas prête. »

Il me fit la moue et me dit : « Tu n'as pas fait tout ce chemin pour venir dormir seule. Je te propose de partager ton lit. Je serai sage. »

Je crois que je me sentais alors coincée. Il me faisait voir le ridicule de ma demande et j'acceptai donc avec une certaine résistance qu'il vienne partager mon lit. Après tout, il avait été assez patient. Je lui devais bien ça. Au fond, j'avais juste envie de me retrouver blottie dans ses bras tout chauds.

Il se déshabilla sans gêne devant moi. Il avait un beau corps athlétique et devait être certainement habitué de se pavaner à moitié nu en tant que mannequin. Il s'allongea presque nu auprès de moi. J'avais les mains et les pieds froids. Il me réchauffa. Après quelques minutes, la chaleur de son corps se faisait un peu trop sentir... Je ne lui résistai plus, et nos deux corps s'embrasèrent durant des heures.

Et cette petite voix résonna en moi : « Tu ne peux pas. »

Je restai là, à côté de lui, sans bouger. Il faisait noir, il ne pouvait voir mon visage, mais des larmes coulaient sur mes joues. Je pensais à David. Je m'en voulais de m'être ainsi laissé aller à mes bas instincts, trompant ainsi un homme qui ne le méritait pas, car pour ce court instant, je porterais une culpabilité qui, elle, durerait une éternité...

Le retour

Rimouski marqua à jamais mon corps et mon cœur.

Je me réveillai à la fois coupable et étrangement habitée d'une énergie amoureuse. Il faisait soleil et le chemin du retour se fit dans la joie et les chants. À vrai dire, je ne portais plus à terre. Mais que se passait-il en moi ?

Je demandai à Jacob de me déposer à Saint-Romuald chez l'un de mes bons amis. Je fis les présentations. Il me quitta et moi, je m'empressai de raconter à Pierre mon conte de fées qu'il trouva bien tordu.

Et avec raison !

Je joignis David et revins soudainement sur terre avec le sentiment oppressant de culpabilité éprouvé la veille et au petit matin. À l'autre bout du fil, il y a eu peu de mots, mais juste les bons : « Quand est-ce que tu reviens ? Veux-tu que j'aille te chercher ? Tu sais, Sophia, j'irais te chercher au bout du monde s'il le fallait. »

Il y a eu un long silence, mais il était rempli de mille mots et d'excuses dans mon cœur. J'avais tellement honte et mal de lui avoir fait ça. Comment pouvais-je être à ce point confuse sur le plan amoureux et si centrée sur moi-même ? De toute évidence, j'avais un réel problème, moi aussi, avec l'engagement.

Je pris alors du recul pendant un jour ou deux. J'aurais eu en fait besoin d'un mois ou deux, d'une année ou deux. Dieu que mon cœur était mêlé ! Peut-on aimer deux hommes à la fois ? Moi, je réponds oui. Le cœur est grand ouvert et son énergie est sans limites. Il peut aimer plus qu'une personne, parfois, mais, pour des raisons de croyances ou de valeurs, nous décidons de restreindre notre amour romantique exclusivement à un seul homme à la fois. Et dans une conscience limitée, ce choix est souvent le meilleur, sinon il serait vécu avec trop de souffrance. Par contre, bien sincèrement, moi, je ne suis pas prête à ces amours détachés et ouverts. Oui, je suis bien trop une « femme alpha », comme le dirait l'un de mes amis. Je suis très territoriale.

Donc, comment avais-je le droit d'aimer ces deux hommes à la fois ? Était-ce vraiment de l'amour, toute cette confusion ? Étais-je capable d'aimer ? Pourquoi me retrouvais-je encore dans un triangle amoureux ? Je m'étais pourtant promis…

Mais, mon attirance pour Jacob et David était presque inexplicable cette fois. Je voulais bien croire que ces deux rencontres étaient karmiques… Mais non, c'était assez ! Je faisais souffrir tout le monde, moi la première.

Je devais être claire.

Je pris quelques jours et j'avais, pensai-je, fait mon choix. Je décrochai le combiné.

L'amour dans l'âme

« Jacob, j'aimerais te voir. » Il vint me chercher chez Louisa et nous allâmes chez lui. Une fois de plus, la pizza était au menu et j'étais aussi nerveuse que la première fois. Nous mangions en bas sur une petite table en face d'un bon feu de foyer. Nous étions accompagnés de l'affectueux Copain. Je le trouvais aussi attachant que son maître. Avec un regard attendrissant, Jacob m'avoua passer l'un des moments les plus romantiques de sa vie. Il me dit n'avoir vécu que très peu de moments savoureux comme celui-ci, mis à part la merveilleuse journée de mariage qu'il avait vécue avec son ex.

Cela m'attrista, surtout que la suite du repas serait, je le savais, beaucoup moins romantique. « Jacob, je tenais à te dire combien j'ai passé une journée à la fois fantastique, mais aussi très troublante avec toi à Rimouski. » Je pris tout mon courage et j'osai enfin lui dire : « Jacob, je suis vraiment désolée, mais je vais retourner vers David… »

Mes larmes coulaient et je cherchai un réconfort en serrant très fort Copain. Jacob retourna aussitôt dans sa coquille.

Les paroles avec lesquelles j'essayais de me justifier, il ne les entendait plus. Jacob, malgré son appareil, lorsque l'émotion devenait trop forte, devenait encore plus sourd aux paroles. Il se refermait dans son univers de silence. Dieu qu'à ce moment il avait l'air triste ! Que j'aurais voulu le délivrer ! Je m'en voulais déjà.

Mon rejet, cette fois, en était un de trop.

La soirée fut écourtée. Il me ramena chez Louisa et, avant que je descende de la jeep, il me dit : «Attends, c'est celle-là, la pièce de musique d'Isabelle Boulay qui me fait tellement penser à nous. Je voudrais que tu prennes le temps de l'écouter avant de partir.»

Il inséra le CD d'Isabelle Boulay dans le lecteur et l'avança jusqu'à la pièce *L'amour dans l'âme*. Au fond, il savait déjà...

Je te connais par cœur
Je ne peux pas te retenir
Et je te laisse partir
L'amour dans l'âme
L'amour dans l'âme

Le refrain a joué et rejoué longtemps dans mon esprit.

Je suis rentrée, ce soir-là, chez mon amie, le cœur en pleurs. J'étais devenue *Le saule inconsolable* du même disque.

Les mois qui ont suivi sont demeurés aussi déchirants pour moi. J'étais avec David, mais je n'étais pas là. La moitié de mon cœur était restée accrochée à quelques kilomètres de là.

Un beau matin, je pris la décision de dire oui au contrat que Jacob m'avait proposé quelques mois plus tôt. Travailler pour un nouveau magazine de conscience était plus que tentant pour moi, surtout que je pourrais le côtoyer... Oui, je voulais désormais être à ses côtés...

Dans un premier temps, une relation strictement professionnelle s'installa entre Jacob et moi. Je ressentais cependant le bonheur de Jacob à l'idée que j'accepte de me joindre à son projet. Alors, plusieurs échanges au cours de l'été ont été faits entre lui et moi.

Je partis quelques jours sur la côte ouest avec David.

Intérieurement, je n'en pouvais plus. J'avais beau essayer de chasser Jacob de mes pensées et de mon cœur, je n'y arrivais pas. Je ne pouvais me duper moi-même. Le projet de magazine était une porte de sortie. Il me fallait retourner à Québec et quitter David. J'étais à la plage avec David et, pourtant, je m'imaginais être avec Jacob et ses enfants à m'amuser dans l'eau. Non, je n'étais plus là ! Je ne me sentais plus intègre du tout avec David. Qu'est-ce qui m'empêchait donc autant de le quitter ? J'avais comme un gros cordon viscéral branché solidement à cet homme, même si cette relation était malsaine. C'était l'amour « maso », comme je l'appelais ! Et comment pouvait-il endurer ça ? David était un Cancer à la carapace dure, mais comme tout bon Cancer, il était doté d'une extrême sensibilité. Il savait sans que je parle.

Dieu que je souhaitais que cette souffrance inutile cesse ! C'est comme si je m'étais programmée depuis le premier jour de ma naissance pour vivre des amours impossibles, en commençant par ma mère et mon père. À force de remords ou d'un destin déjà planifié, mes parents sont étrangement revenus me chercher par la suite. Ma relation avec eux a toujours été tel un yoyo : rejet-amour-rejet-amour.

Pour moi, ce sur quoi reposait l'amour était vraiment peu solide. Était-ce vrai que tout se jouait de zéro à six ans ? Je préférais ne pas trop y penser, car cela voulait peut-être dire que j'allais en arracher pour le reste de mes jours…

Juillet

Nous étions rendus en plein cœur de l'été, mais le soleil ne brillait toujours pas dans mon cœur. Je suis allée à Québec pour participer à une réunion avec Jacob, mais mon prétexte était vraiment plus d'ordre personnel. J'avais tellement besoin de le revoir, de lui parler. Ça criait en moi. Est-ce que je me dévoilerais un peu plus cette fois-ci ?

Ce jour-là, Jacob me sembla fatigué. C'était en effet difficile pour lui de négocier la garde de ses enfants et de régler les vacances avec eux. Il attendait aussi impatiemment la réponse pour une subvention pour son projet d'affaires. On venait de lui dire de nouveau qu'il n'obtiendrait rien de la CSST pour son problème de surdité. De plus, ses revenus de journaliste pigiste et d'auteur ne suffisaient pas. Il subissait un grand stress financier. Ses amis lui avaient offert un voyage en Espagne, à l'automne, pour ses quarante ans. C'était l'un de ses rêves.

Il m'avait déjà demandé d'y aller avec lui. Même si l'idée romantique de me retrouver sur les eaux de Venise en gondole avec lui me charmait beaucoup, une petite voix me disait encore non.

Cela dit, j'espérais qu'il n'abandonne pas son projet pour autant. Et lorsque je lui reparlai de l'Espagne, rien de lumineux n'apparaissait dans son regard.

Ce soir-là, une longue conversation sur le sens de la vie avait pris place. «Tu sais que j'ai vécu beaucoup plus de moments difficiles dans ma vie qu'autre chose, que ma vie jusqu'à maintenant a été un dur combat. Quand je fais le compte des moments heureux, il y en a peu, dit-il.

- Mais voyons, Jacob, ton mariage, la naissance de tes enfants...»

J'essayais malhabilement d'alléger l'atmosphère. Je ne voulais pas l'entendre se plaindre de nouveau. Il avait tellement tout pour réussir. J'essayai donc de lui faire voir le côté positif. Mais, j'aurais peut-être juste dû l'écouter, ne pas chercher une solution ou tenter de lui remonter le moral. Visiblement, j'étais mal à l'aise de voir cet homme aussi vulnérable. J'ai honte de l'avouer, car après tous les cours de développement que j'ai faits, je vivais encore avec ce tabou qu'un homme doit être fort et qu'il ne doit pas trop afficher sa faiblesse.

Mon père, je l'ai vu seulement une fois «en émotion» et c'est lorsque mon frère est né. Du reste, il n'y avait pas de place pour le pleurnichage et les épanchements de larmes, quitte à user de trop d'autorité pour faire taire un chagrin.

De petite enfant à adulte, il me fallait donc étouffer ma peine, sangloter seule dans mon coin jusqu'à ce que cela étouffe et brûle le cœur. Résultat: aujourd'hui, je suis encore malhabile quant à l'accueil de mes propres émotions et de celles des autres.

Pour faire diversion, je remarquai dans le coin de sa cuisine deux roses séchées, une blanche et une rouge. Voyant que je détournais mon regard, il me dit: «La rose rouge, c'est celle qui t'attendait et que tu n'es pas venue chercher.» Il m'en avait donné un pétale à mon anniversaire. «Et la rose blanche, c'est celle que tu m'as donnée à la fin de l'atelier en février.»

Je commençais à avoir faim, et comme il n'y avait presque rien dans le réfrigérateur, nous sommes sortis pour manger au resto. Cette fois-ci, il ne paya pas la note. En ressortant, nous avons traversé la rue et, soudainement, il m'attira fortement contre lui et me donna un long baiser, là, devant tout le monde. Une voiture s'était arrêtée et avait klaxonné. Le chauffeur nous avait regardés et nous avait lancé un sourire.

Lors de ce souper, je lui avais révélé combien les derniers mois avaient été difficiles, à quel point mon choix de demeurer avec David avait été déchirant, mais que j'avais un lien de cœur très fort avec cet homme. Et je lui dis enfin combien il comptait aussi pour moi et que je m'excusais pour toute la peine que je lui avais causée.

De toute évidence, je n'avais nullement fait ce que normalement une vraie « âme sœur » aurait dû faire.

Jacob m'avait attendue et espérée. Entre-temps, pour m'oublier, il était allé voir d'autres femmes. Son amour, il me l'avait déclaré peut-être de manière trop insistante, mais il se voyait passer les 25 prochaines années de sa vie avec moi. Pour lui, dès le premier jour de notre rencontre, il avait eu cette vision claire que j'étais la femme de sa vie.

Jamais il n'a eu de doute quant au potentiel de notre couple. Lui, il était sans ambiguïté par rapport à nous. Mais, à force d'essuyer des refus, il était aussi resté un homme. Il était allé « chercher ailleurs » et m'avoua qu'il fréquentait alors une autre personne, dont il ne pouvait dévoiler le nom. Et je ne lui en voulais pas. J'étais presque heureuse pour lui. Si cela pouvait servir à ce qu'il ne cherche plus à m'attirer dans ses filets, peut-être que tout serait résolu.

Je me suis dit que toute cette confusion d'amour que j'avais ressentie envers lui venait peut-être simplement de sa propre énergie et que cela ne venait pas de moi.

J'essayai quelques instants de m'en convaincre.

Vivre un amour simple, avec un homme de cette envergure, c'était impossible pour moi à ce moment-là. Pourtant, ce jour-là, malgré sa révélation, mon désir profond était de faire le grand saut, de quitter définitivement David, de venir demeurer avec lui et de collaborer à son projet.

Je lui ai communiqué, une fois de plus, d'une façon à peine voilée, que j'étais fébrile. Je voulais peut-être céder la place à cet autre amour naissant. Quelque chose en moi me retenait de le lui dire maintenant.

Je me contentai de lui dire: « Jacob, je veux te dire combien je suis désolée de ce que je t'ai fait vivre ces derniers mois, mais sache que ce n'est pas facile pour moi non plus. Je pense constamment à toi et… »

Quelque chose en moi me retenait de le lui dire maintenant.

Il m'a regardée longuement. J'avais la gorge nouée. Je suis certaine qu'il devait entendre mon cœur battre. Tout le quartier devait l'entendre ! J'aurais tellement voulu qu'il m'aide à le lui dire enfin.

Nous sommes simplement retournés silencieusement vers la maison et avons marché longuement dans le quartier avec Copain. J'aimais son gros toutou, et je me voyais très bien vivre avec lui. Il n'était pas non plus sans me rappeler ma petite Kélia, ma golden retriever, morte dans mes bras quelques mois plutôt. Après, je m'étais juré de ne plus m'attacher à un autre animal. Pour moi, ça faisait trop mal d'aimer les animaux et de les perdre par la suite. Puis, ma culpabilité d'avoir abandonné Kélia lorsque j'avais quitté mon ex, elle, n'était toujours pas morte.

Mais Copain, je l'avais adopté tout de suite. J'étais ouverte une fois de plus à m'attacher à un animal, quitte à revivre la douloureuse peine de le perdre. C'est comme aimer follement un homme et le perdre atrocement… Un jour, on aimera à nouveau. Je ne sais pas comment l'être humain est fait, mais malgré les deuils et les souffrances, il a la capacité, chaque fois, de renaître de son chagrin, qui lui paraissait pourtant inconsolable.

Pour Jacob et son gros Copain, j'étais donc prête à prendre le risque.

Nous retournâmes enlacés vers la maison. Que j'étais bien à son bras et que j'aurais souhaité que cette marche soit éternelle ou qu'elle dure jusqu'à ce que je lui crie enfin tout mon amour !

Mais, il me lança : « J'ai beaucoup de choses à faire et à régler. »

J'avais en effet remarqué une longue liste sur le comptoir de cuisine avec des traits noirs sur ce que j'imaginais être des dossiers déjà réglés...

Il vint me reconduire à l'auto, me serra très fort et m'embrassa. Il suivit longuement mon regard. Je le trouvais tellement beau, mais son regard était si triste. Il revint à nouveau et me serra encore plus fort.

Dieu, si j'avais su.

Je suis retournée à Montréal, ce soir-là, je ne sais trop comment, car moi qui n'aime pas du tout conduire le soir, au volant de ma New Beetle, c'est comme si soudain elle avait des ailes. En tout cas, je flottais littéralement. Le parcours me parut très court, je n'avais rien vu, comme si on avait pris la voiture d'un point A pour la faire voler et atterrir au point B, et ce, en un temps record.

Ce soir-là, j'avais le cœur ouvert et grand comme le ciel.

Dans les jours qui ont suivi, nos échanges se sont intensifiés, le projet du magazine avançait. Jacob voulait que j'aille le rejoindre pour prendre une photo avec le reste de l'équipe et, du coup, il me lança une double invitation : « J'aurai, ce jour-là, mes enfants, on pourra alors aller se baigner et puis souper ensemble. »

À cet instant précis, il semblait heureux. Il avait hâte que je connaisse sa petite famille.

Je lui répondis, embarrassée : « C'est que j'ai dit à David que je me rendais à l'Île-Verte. Ce petit voyage est important. Je t'expliquerai. Au retour, je pourrai arrêter chez vous... »

Il y eut une longue pause à l'autre bout du fil, comme si, une fois de plus, il ne m'avait pas entendue ou, au contraire, il m'avait trop entendue.

Dans la semaine qui suivit, nous nous sommes parlé et avons échangé des courriels presque tous les jours. Une énergie particulière, que je ne peux déterminer, était là, dans l'air, une énergie presque euphorique.

Le vendredi, nous avons dû nous parler six fois, sinon sept.

Il avait reçu mes cartes professionnelles pour le projet du magazine. Il était heureux de me le communiquer.

Après chacune de nos conversations, je ressentais dans la voix de Jacob et en moi une énergie qui montait toujours plus, comme une sorte de crescendo. J'avais de la difficulté à contenir toute cette intensité. Oui, c'était celle de l'amoureuse.

Pourtant, rien que des sujets professionnels furent abordés ce jour-là entre nous. Cependant, au dernier appel, une phrase me brûlait les lèvres. J'avais le cœur qui devait tourner à dix mille tours à la seconde... Je n'en pouvais plus. Je voulais lui dire le but du voyage à l'Île-Verte. Je voulais lui dire enfin que je l'aimais...

Je ne lui ai pas dit que je l'aimais

En raccrochant, je me dis que je devais aussitôt le rappeler. Je n'en pouvais plus. Je devais extirper ce sentiment trop fort en moi et le lui avouer clairement ! Mon oui pour me joindre à son projet était en fait un oui pour enfin déménager avec lui et, qui sait, passer les 25 prochaines années avec lui.

La pensée de David me revint… J'habitais encore avec lui à Montréal.

David et moi préparions nos bagages pour cette fin de semaine à l'Île-Verte. C'était mon dernier voyage avec lui. Je voulais être totalement présente pour vivre nos derniers jours de vie de couple qui, en fait, n'en était plus un. C'était maintenant trop fort. Je le quittais officiellement pour aller vivre avec Jacob. J'avais tellement hâte de le dire à Jacob, mais je devais patienter encore quelques jours. Par contre, là, je devais me concentrer sur David. Je lui devais bien ça.

La fin de semaine sur cette île au bord du fleuve n'a été d'aucun repos.

Dans la nuit du 29 au 30 juillet, je me réveillai tout en sueur en poussant un cri de mort. Je ne savais pas ce qui se passait. David avait du mal à me rassurer. « Ce n'est qu'un cauchemar, Sophia. »

J'avais pourtant senti une ombre noire et effroyable au-dessus de moi. J'étais terrifiée. J'étais incapable de me rendormir.

Partie II

Un chien hurlait dans la nuit...

Le choc

À mon retour à Montréal, je me précipitai à mon ordi. J'attendais un message de Jacob. Il m'avait dit lors de notre dernier appel qu'effectivement, il remettrait à plus tard le projet de photos. Donc, je n'avais pas besoin d'arrêter chez lui au retour. Il ajouta: «Je t'envie, Sophia, de faire cette escapade.

– Mais voyons, Jacob, toi, tu vas avoir la chance de faire une bien plus grande escapade. Tu te prépares bientôt à aller en Espagne!» À l'autre bout du fil, il était demeuré silencieux.

Au retour de mon petit voyage dans le Bas-du-Fleuve, à ma grande déception, il n'y avait pas de message de Jacob, ni le jour suivant…

Ma rupture avec David était maintenant officielle. Cela s'était terminé avec une étonnante maturité. L'amour, oui, demeurait. Il s'était seulement transformé. Nous nous étions entendus. J'allais revenir terminer la tenue d'un salon que je coorganisais et, par la suite, je ramasserais mes affaires pour déménager à Québec.

David m'aimait assez pour me soutenir jusqu'au bout et par la suite me laisser aller. Je lui étais tellement reconnaissante de réagir ainsi avec toute sa grandeur d'âme.

C'est le mardi matin que la rédactrice et cofondatrice du magazine m'appela. «Bonjour, Sophia (suivi d'un long silence), j'imagine que tu sais déjà pour Jacob...

– Non ! Quoi, Jacob ? Qu'est-ce qu'il y a ?»

Je ne savais pas si je voulais entendre la suite. Mon cœur devait battre mille pulsations à la seconde. Une chaleur soudaine m'envahit.

Avec tout le courage que cela doit demander, c'est elle qui eut la lourde tâche de me l'annoncer : « Sophia... Jacob, Jacob est mort ! Je suis vraiment désolée de te l'annoncer ainsi, mais dans la nuit de samedi, Jacob... (un autre silence) s'est pendu... Je, je... (me répéta-t-elle avec émotion), je suis tellement désolée, Sophia... »

J'ai laissé tomber le combiné et j'ai crié non ! J'avais mal à toutes mes entrailles. Non, impossible ! «Non, Jacob, pas toi ! »

Jacob a été retrouvé effectivement avec une corde au cou au bas de l'escalier. Copain était à ses pieds. C'est lui qui avait alerté tout le voisinage par ses hurlements dans la nuit.

Non ! Seigneur ! Ce n'est pas vrai ! Jacob n'a pas fait ça ! Ma tête tournait dans tous les sens. «Non, pas toi, Jacob ! »

David, qui avait entendu mes cris, arriva vite à mon bureau. Il était complètement désemparé de me voir dans un tel état. Il ne savait pas quoi faire. J'étais sous le choc total et je croyais devenir folle.

Me prenant la tête, j'éclatai en sanglots. Non ! Impossible !

Je répétai sans cesse à David : «Je t'en prie, ne m'amène pas à l'hôpital, ne m'amène pas là... »

Depuis ma naissance, l'hôpital a toujours été le lieu le plus redoutable pour moi. Vieilles mémoires de cette vie ou d'une autre, j'imagine. Mais là, je ne voulais pas aboutir dans ce lieu hostile. J'aurais eu trop peur que l'on m'y enferme... J'avais du mal à respirer.

Ne sachant donc quoi faire, David appela sa cousine qui habitait tout près. Elle arriva avec du « Rescue », un remède homéopathique à administrer après des chocs émotionnels et physiques. Dans mon cas, j'avais mal partout. Je ne me rappelle pas si cela avait fait effet ou pas.

Assise par terre, je me berçais et me répétais tout bas : « Jacob, je ne t'ai pas dit que je t'aime. »

J'en ai perdu des bouts. Ma précieuse amie Louisa est venue de Neuville pour être avec moi et me ramener chez elle pour passer la semaine. Jacob devait être enterré plus tard, le temps de retrouver des proches de la famille qui étaient alors en voyage en Europe.

David, dans les circonstances, a été d'une aide inestimable, et Louisa aussi. Je suis certaine que les anges ne sont pas seulement au ciel…

Devenir invisible

Les jours qui ont suivi, j'étais comme un zombi. Je n'arrivais plus à dormir. Une amie médecin m'avait administré des somnifères pour que je récupère un peu, mais cela n'avait pas vraiment eu d'effet.

La nuit était devenue ma pire ennemie et le berceau inconfortable de mes cauchemars. Je craignais de fermer l'œil de peur que cette ombre ne revienne, celle de l'Île-Verte, celle qui, je le sais maintenant, appartenait à Jacob.

Tout se bousculait dans ma tête. Non ! Pourquoi ? Non ! Pourquoi ?

Et je parlais tout haut à Jacob. Je pleurais. « Tu avais tellement tout pour toi. Mais qu'est-ce que tu as fait ? »

L'incompréhensible était là pour tout le monde. Jacob était un être de génie aux multiples talents et au charisme hors du commun. La vie lui avait en apparence tout donné. Je revivais les dernières semaines, je cherchais les signes. Il y en avait eu, mais je n'avais pas voulu les voir ou les écouter… Je me culpabilisais.

La pensée de son dernier regard triste lors de notre dernière étreinte me revenait sans cesse. Son au revoir qui était en fait un adieu… J'aurais dû le deviner…

Les jours passèrent et je sentais sa présence, ou je fabulais, je ne savais trop, j'étais perturbée. Parfois, je sursautais en me retournant. Je pensais qu'il était là, mais il n'y avait rien. Pourtant, parfois, j'aurais vraiment juré qu'il était là.

J'avais de la difficulté à être dans mon corps. Moi aussi, je voulais devenir invisible...

À mon amoureux céleste

Durant les heures qui suivirent, j'avais écrit dans mon journal intime. Oui, depuis que je suis toute petite, j'écris au Seigneur, j'écris mes amours, mes espoirs, mes désespoirs. Mais là, pour ne pas mourir, j'avais décidé d'écrire à Jacob. J'avais écrit durant des heures.

2 août 2000

OK, Jacob.

OK, Jacob.

Tu as gagné !

Oui, je te le crie, maintenant. Je t'aime !

Est-ce que tu m'entends ?

J'ai failli te rappeler pour te le dire, vendredi, avant mon départ.

Désolée. Ta grandeur me dépassait peut-être et, dans le fond, ta souffrance aussi.

Oui, j'ai eu peur.

Tu as hanté mes nuits et mes jours depuis tant de mois.

Mais une petite voix me retenait chaque fois.

Et il y avait David...

Est-ce que cela était notre véritable destin, notre « karma », comme tu le disais ?

Peut-être as-tu, là-haut, maintenant, des réponses ?

Je pris sa photo et la serrai précieusement contre mon cœur.

Tu es un être tellement magnifique, Jacob.

Et je poursuivis ma lettre.

Depuis quand avais-tu planifié ton départ ?

Il me manque quelques pièces au puzzle.

J'ai besoin de savoir que tu as choisi le chemin de ta lumière.

Par quoi es-tu passé ?

Comment as-tu pu t'infliger une souffrance aussi atroce ?

Où es-tu, Jacob ?

Quel mauvais esprit s'est alors emparé du tien ?

Je veux croire que, malgré ton geste sombre, ton âme a déjà rejoint la lumière.

Je t'en prie, rassure-moi, reviens me le dire.

Où que tu sois, désormais, n'aie pas peur, on est là.

Et le jour habillé de nuages commença timidement à se lever et j'ai continué de lui écrire.

Jacob,

Tu as décidé de rentrer chez toi.

Drôle de chemin, mais au fond je comprends, ta détresse était trop forte

Et ton aperçu de la lumière, un peu trop aveuglante.

Tu étais peut-être rendu sourd à la vie,

Mais tu étais tout ouvert à recevoir cette grâce à nouveau.

Oui, ton contact avec le Seigneur avait été tellement puissant.

Est-ce lui que tu voulais aller retrouver ?

Mon Dieu, Jacob, pourquoi tes guides t'ont-ils laissé faire ça ?

Je vais traverser toutes sortes de moments ici-bas.

Ma personnalité étant limitée dira des choses parfois belles et parfois blessantes à ton égard.

Étant prisonnière de mon ego, je souffrirai encore et encore de ton départ,

Mais ne te laisse nullement atteindre ni par moi ni par personne, surtout pas par ceux qui voudraient encore venir jeter de l'ombre sur ta lumière.

Oui, tu l'avais oublié, mais tu étais aussi lumière.

Oui, nos deux âmes sont réunies désormais pour l'éternité.

Nos deux âmes savent.

Tous deux avons choisi de servir la lumière, de la répandre, et nous atteindrons ce but, peu importe le moyen et le temps qu'il faudra.

Tu ne seras pas mort en vain, ton message survivra.

OK, Jacob.

Je te laisse partir… L'amour dans l'âme…

Dors bien, mon amoureux céleste.

La négociation

Et un autre matin, j'ai continué d'écrire entre la peine et le désespoir. Je voulais tellement revoir Jacob. Je souhaitais qu'il revienne dans cette vie, qu'il se réincarne, qu'il renaisse en mon sein. J'étais presque dans le délire. J'avais besoin d'écrire et de lui écrire encore.

Et si un jour tu décides de revenir, étant donné que je n'ai pu t'accueillir avant et que ta mère n'a su t'aimer comme tu l'aurais souhaité, alors je t'offre de pouvoir revenir en mon sein.

Tu pourras choisir enfin l'amour d'une mère qui t'aimera, tu pourras choisir l'amour de toutes les femmes et guérir désormais tes blessures à travers mon amour.

Je te laisse même choisir le père.

Je t'aime, Jacob.

Je suis désolée.

Je vais t'aimer éternellement.

C'est la partie la plus élevée en moi qui te dit maintenant de partir vers la lumière.

Va en paix.

Mais reviens en être de lumière.

Je reste ici, mais moi aussi, je trouve ça souvent difficile, et tout comme toi, je voudrais retourner là-haut.

Aide-moi quand tu le pourras à me raccrocher à la vie.

Retourne à Dieu, mon éternel amour.

Les obsèques ont eu lieu à la magnifique église de Neuville. L'endroit était bondé de gens.

Que d'Amour avec un grand A as-tu reçu ce jour-là ! Tu étais tellement aimé, Jacob. Comment n'as-tu pas pu voir et entendre cet amour ?

Le jour du service et de l'enterrement de Jacob, Louisa m'accompagna. Mon corps était là, en apparence, mais j'avais la sensation qu'il flottait. Tous mes sens me semblaient plus ouverts. Tout m'apparaissait plus vert, plus lumineux. Les chants à l'église me semblaient parvenir de la voix des anges. J'avais réussi à manger un peu le matin, et le goût des aliments était plus accentué. J'éprouvais, ce jour-là, comme un étrange désir d'aller faire un tour au paradis.

Quarante bougies ont été placées dans les eaux du fleuve pour toi. Tu allais bientôt avoir quarante ans…

Quelques heures plus tard, lors de la cérémonie de la mise en terre de Jacob, son ex-femme et ses trois enfants ont laissé s'envoler des colombes dans le ciel pour lui dire un dernier au revoir. À ce moment précis, tout mon être aurait voulu se dissoudre pour aller le rejoindre au ciel. Puis, je ne sais trop comment, mais l'un des bons amis de Jacob nous a invitées, Louisa et moi, à nous joindre à de vieux copains lors d'un repas improvisé en son honneur.

C'est entre les rires et les larmes, la peine et l'incompréhension et mille questions que nous avons fait jouer, en nous tenant tous enlacés, la chanson *Ne tuons pas la beauté du monde*.

T'écrire encore et encore

Dans la semaine qui a suivi, où je n'arrivais pas à dormir, j'écrivis.

Pourquoi, Jacob, es-tu parti sans laisser une lettre ?

T'es-tu défilé ?

Es-tu en paix où tu es ?

J'ai tant de questions.

Égoïstement, je voudrais un signe que tu as rejoint maintenant la lumière, que c'est vrai qu'il y a une vie après la mort.

Mais, dis-moi qu'il n'y a pas d'enfer.

Pourquoi voulais-tu faire la rédaction d'un magazine qui nous appelle à un mieux-être ? Je ne comprends pas !

J'ai de la douleur au creux de mon cœur et je n'arrive plus à pleurer.

Pardonne-moi, Jacob.

Je sais qu'en ce moment, tu as besoin de réconfort et, égoïstement, je voudrais que tu viennes me réconforter.

Tu m'avais dit vouloir passer les 25 prochaines années au minimum avec moi.

Je ne t'ai pas cru. Est-ce que j'avais vu clair ?

Je sais que je ne suis, certes, pas la seule femme à te pleurer.

Encore égoïstement, je me suis demandé si tu avais pensé une seule seconde à moi avant de commettre ton geste.

Tu savais pourtant ce que mon oui signifiait.

Comment as-tu pu faire ça ?

Et tes enfants, quel legs leur laisses-tu ?

Ton père et ta belle-mère t'aimaient tant.

Tes amis, ta cousine…

Pourquoi avais-tu insisté autant pour que je me rapproche de toi sachant que tu allais partir.

Comment as-tu pu faire ça ?

Je suis confuse, car selon le plan initial, je devais manger chez toi ce dimanche.

Avais-tu prévu que ce soit moi qui te découvre au bout d'une corde ?

Quel message nous lances-tu ?

Personne n'a reconnu ta détresse.

Pourtant, ta détresse, moi aussi, elle m'habite.

Comment vais-je faire maintenant pour me raccrocher à la vie ?

Pourquoi aucune lettre d'adieu ?

Non, Jacob, tu as certes laissé un mot, quelque chose.

Les oiseaux commencèrent à chanter et je ne réussis pas à fermer l'œil de la nuit.

Je fais du « petit moi ». Je suis désolée. N'écoute pas mes pleurs, ne lis pas mes pensées et mes écrits.

Mon désespoir

C'est trop gros, Jacob.

C'est trop gros pour moi, Seigneur.

Jacob, es-tu parti dans la souffrance et en pleine conscience de ton geste ?

Tu voulais qu'ensemble on participe à l'éclosion d'une nouvelle conscience.

Ai-je passé à côté d'un grand bonheur ou, par ton geste, tu m'as éloignée d'un plus grand malheur ?

J'ai besoin d'aide.

Vais-je abandonner, moi aussi ?

Tout comme toi, je crois que de là-haut je pourrais tellement mieux « servir » ici-bas.

Comment vais-je croire à la vie maintenant ?

Je voudrais t'aider, mais je ne le peux pas, Jacob.

Reste, je t'en prie, à l'abri de toute ma souffrance. Retourne à ta lumière.

Dieu, j'ai besoin d'aide !

Lundi

Est-ce que tout dans cette vie est illusion ?

Sommes-nous mieux là-haut ?

Y a-t-il un là-haut ?

Quelques semaines plus tard

Un deuil passe par différentes phases et étapes. Je m'étais donc mise à faire des recherches sur le suicide et le deuil. Du choc au déni et de la colère à la négociation viennent un jour l'acceptation et le pardon et, un beau matin, il y a la transformation. Ce jour-là, le chant des oiseaux redevient à nouveau merveilleux.

Mais cela peut prendre des années…

Avant de laisser un mort tranquille et avant de laisser reposer vraiment en paix celui que l'on dit aimer, Dieu qu'on l'attache égoïstement à la terre et au monde astral par simple ignorance de ce qu'est réellement la mort !

Moi, j'ai négocié à tort et égoïstement avec Jacob pour qu'il reste près de moi. Oui, je voulais que Jacob renaisse à travers moi.

Un beau jour, un ami, du haut de ses cinquante ans de sagesse, me foudroya : « Mais Sophia, si tu l'aimes vraiment, quand vas-tu le laisser tranquille et le laisser enfin partir ? »

J'ai reçu cette phrase presque comme un ordre venant de là-haut, comme une gifle en plein visage m'éveillant au fait que Jacob continuait peut-être de souffrir si je lui parlais tout le temps ainsi. Pire. J'avais osé décider moi-même que si j'allais enfanter un jour, eh bien, ce serait nul autre que lui. Non mais quelle pression ! Quelle folie ! C'était une évidence.

J'ai pris du recul et j'ai médité longuement sur ces propos. Je me suis même demandé si la mort subite et dramatique de Jacob n'avait pas soulevé soudainement de trop grands sentiments à son égard, si ma peine m'avait transportée dans de trop grandes confusions sentimentales et qu'il était maintenant temps que je tourne la page.

Je devais continuer de vivre et d'être plus présente à chaque instant de la vie, comme le livre d'Eckhart Tolle l'enseigne si bien.

Il était temps aussi que je prenne soin de David. Lui, il était encore bien vivant et près de moi. David, je l'ai compris, avait été mon ange gardien dans toute cette aventure. Peut-être qu'il avait été là pour me préserver de Jacob, d'un amour trop fusionnel qui aurait vu ma fragilité courir à ma perte aussi. Pour David, en tout cas, son rôle était bien clair. Il m'a pardonné mes écarts et m'a entourée d'amour inconditionnel durant ce dur passage. Peu d'hommes auraient pu le faire dans les circonstances. J'ai reconnu alors toute sa grandeur d'âme.

Cet épisode avait ouvert mon cœur. Je sentais énergétiquement toute la chaleur autour de ma poitrine comme s'il y avait un petit vortex qui tournait rapidement. J'étais alors remplie de gratitude envers David et aussi envers Jacob. Je me berçais doucement dans le hamac et je lisais *L'art du bonheur* du dalaï-lama. David était à mes côtés et riait en lisant des farces de Ti-Mé dans *La Petite Vie*. Que sa légèreté me réconfortait !

Merci !

Partie III

Le deuil se poursuit

Les hauts et les bas

Dans un deuil, il n'y a rien de linéaire. Il y a des hauts et des bas. Lorsque l'on croit être passé à une autre étape, il y a encore des remous. Jacob me manquait terriblement.

Je me suis acheté un autre journal intime avec une tête de bouddha. Il me fallait encore lui parler.

Jacob,

Je voulais te laisser tranquille, mais, quelque part, à part Jésus, que je n'ai pas réellement connu, tu deviens le seul confident céleste que je connais vraiment. Mes grands-parents sont morts il y a fort longtemps, bien que mes deux grands-mères viennent souvent me visiter en rêve. Eh bien, ce que nous avons vécu d'intime me rapproche un peu plus de toi. Je m'inquiète encore pour toi et je suis curieuse.

Est-ce vrai tout ce que l'on dit par rapport à ce qui se passe après ?

Y a-t-il un enfer et un paradis comme dans les films ?

Es-tu seul ? As-tu peur ?

Tu vas me trouver ridicule... mais comment vas-tu, Jacob ?

Es-tu maintenant délivré de toutes tes souffrances ?

Est-ce qu'il y a des anges qui t'ont accueilli ?

Y a-t-il un hôpital là-haut pour guérir les âmes souffrantes ?

Est-ce que, lorsque l'on se suicide, on se retrouve encore plus dans la noirceur ?

Existe-t-il, là-haut, de sombres esprits ?

Es-tu prisonnier de l'enfer ?

Souffres-tu encore, Jacob ?

J'aimerais te dire de suivre ta lumière.

Ne t'égare pas non plus là-haut.

Garde ton cap.

Délivre-toi de tous tes attachements ici-bas.

Est-ce que je te nuis lorsque je te parle et t'écris ainsi ?

Aide-moi à croire en un monde là-haut afin que notre vie ici-bas ne soit pas inutile.

Est-ce vrai que c'est « sur la terre comme au ciel » ?

Depuis que tu es parti, je ressens de l'énergie au-dessus de mon épaule. Est-ce toi ? Est-ce que je fabule ?

Où que tu sois, j'espère que tu m'entends, que tu peux entendre le murmure des anges.

Que le Christ, Marie et Bouddha libèrent tes souffrances et aussi les miennes !

J'oubliais. Nous avons pensé organiser pour toi, Jacob, une cérémonie bouddhiste dans un centre sur la Rive-Sud.

Bien entendu, cela ne fait nullement partie des volontés écrites ou décrites par toi, car tes dernières volontés, nous ne les connaissons pas.

Alors, avec toutes nos bonnes intentions, nous avons décidé de t'organiser un autre rituel afin de bien libérer ton âme.

Il est difficile pour ceux qui restent, si la personne décédée n'a pas laissé de testament ou d'acte de dernières volontés, de savoir ce qui est mieux pour l'âme qui part. Apparemment que les dernières volontés d'un défunt sont vraiment importantes et qu'elles doivent, dans la mesure du possible, être respectées. Cela aide l'âme à partir plus en paix et à se détacher du monde de la matière. Mais, quand il n'y en a pas, la famille doit se débattre selon ses croyances et ses valeurs.

Préparer nos dernières volontés fait aussi partie de notre mandat de vie.

Dans le présent cas, c'est vraiment avec notre cœur que le rituel pour Jacob a été organisé afin de l'aider. C'est une cérémonie de l'initiation de la Tara blanche, aspect maternel de la compassion. Elle symbolise la pacification. C'est celle qui nous libère, qui nous fait traverser l'océan du samsara.

Pour les bouddhistes, la période de deuil et de prières dure généralement, selon les écoles de pensée, 49 jours. Pour les islamistes, les adieux définitifs au défunt surviennent quarante jours après le décès. Les protestants ont une démarche différente. Ils ne prient pas pour les morts et jugent que ceux-ci sont déjà « entre les mains de Dieu ».

Moi, je te prie chaque jour, écoutant ma tradition la plus chère, celle de mon cœur. Puisses-tu, où que tu sois, reposer en paix.

J'avais, dans les dernières semaines, perdu toute capacité à bien gérer les petites choses du quotidien. J'avais donc laissé s'accumuler le courrier depuis ce fameux jour où j'ai appris le suicide de Jacob. J'ouvris une enveloppe personnelle qui me venait de l'Ontario. C'étaient des condoléances de ma sœur : « Quand un être quitte notre monde, il laisse derrière lui une lumière plus belle et plus intense qu'aucune autre, une lumière de paix et d'amour qui survit dans les cœurs de ceux qui l'ont aimé... Cette lumière vous guidera désormais et remplira votre âme d'une douce et belle paix. »

Merci, sœurette, pour ton réconfort. J'en avais tellement besoin.

J'ai la nausée

Je venais d'écouter une cassette, celle qui avait été enregistrée lors d'une séance de canalisation, celle pour laquelle Jacob avait tant insisté, avant sa mort, pour que je m'y rende. Étrange. Pourquoi Jacob avait-il été aussi insistant ? « Sophia, il est important que tu sois présente à cette soirée. La médium qui canalise est un ange. Elle livrera un message important. »

Aujourd'hui, je comprends qu'il savait déjà et qu'il voulait passer son dernier message à travers elle. Mais, en vérité, je ne savais trop quoi croire de toutes ces séances de canalisation. Je pensais que j'étais une vraie boule de peur. J'avais peur non seulement de l'amour, mais des esprits.

Alors, le fameux soir de la séance, je ne m'y suis pas rendue. C'est par protection, par peur, que je n'y suis pas allée. Je connaissais ma grande fragilité et sensibilité au monde des esprits.

J'avais donc décliné l'invitation.

Mais, ce soir-là, j'ai eu mal au cœur. J'ai vomi. J'étais faible et épuisée. C'est comme si, malgré les trois cents kilomètres qui nous séparaient, je te ressentais.

Je me suis dit intérieurement : « Jacob, si tu as un message à me dire, tu me le feras savoir d'une manière ou d'une autre. Plus tard, en écoutant la cassette que l'on m'avait fait parvenir, on m'a effectivement confirmé que c'était bien toi qui t'étais manifesté à travers cette médium. »

Jacob aurait choisi son nouveau plan d'incarnation pour parachever son enseignement. Il aurait déjà choisi la mère... Je répliquai aussitôt en mon for intérieur : « Évidemment, Jacob, malgré tous tes prestigieux diplômes, tu n'avais vraiment pas passé celui de l'école de la vie. Chose certaine, tu as échoué au dernier examen. Tu étais très loin de la note de passage. Donc, pas de passe-droit pour toi, aussi fantastique et spécial sois-tu. Tu dois te réincarner ! »

Avoir des pensées ironiques me faisait un peu de bien.

Mais, est-ce que lorsqu'on se suicide, on revient aussi rapidement ? Était-ce vrai, finalement, ce que cette médium avait dit ?

Septembre 2000

Comment parvenir à cet état de non-dualité en nous ? Je sais que notre état de bonheur se trouve en nous, que je ne dois pas le chercher à l'extérieur. Je me parlais à voix haute : « Oui, Jacob, tu avais dit, lors d'une conférence, que les épreuves ouvrent la voie à un dialogue direct avec l'âme, qu'elles sont de vraies bénédictions si l'on se donne la peine de reconnaître le bénéfice derrière les épreuves. »

J'avais renoué avec une pratique que j'avais laissé tomber depuis trop longtemps, la méditation. Je fréquentais alors le centre bouddhiste de la Rive-Sud.

Pour prendre soin de moi et traverser mon deuil, j'écoutais de la musique sacrée. J'écrivais et je marchais longuement en nature afin d'entendre ce que mon âme voulait bien me dire. J'avais même fait un atelier de yoga sur le lâcher-prise. À la sortie de cette fin de semaine, j'avais senti que mon corps s'allégeait enfin de toute cette douleur.

Jacob me manquait toujours terriblement. J'aurais voulu, encore, changer le cours des événements, mais la pensée obsédante de mon impuissance s'estompait. Et lorsque l'émotion redevenait trop forte, je pouvais appeler jour et nuit chez quelques-uns de mes précieux amis.

Prendre soin de moi entre deux tempêtes apaisait mon esprit.

Et j'acceptai d'être suivie plus intensément par un médecin, mais tout en restant dans la médecine naturelle.

Voilà mon bénéfice à moi, soit être davantage en contact avec qui j'étais.

Je ne pouvais nier ma douleur de la perte. Je devais me remettre en contact avec ma seule vérité, la seule qui existe, celle de l'instant présent ! Même si mon instant présent était chargé d'intensité, de douleur et de peine, même si j'avais mal dans toutes les cellules de mon être, je devais juste accueillir cet état, ne pas lui résister et, l'instant d'après, l'observer tranquillement se dissoudre. Je devais seulement entrer en contact avec toutes les nuances de qui j'étais.

Le chagrin nous reconnecte directement à toute la sensibilité et à la grandeur de notre âme.

Et les matins où je n'y arrivais juste pas, je confiais ma peine à plus grand que moi. Je la confiais à Dieu, à tous ceux qui sont là, dans l'invisible, et qui veillent sur moi. Une partie de moi s'était accrochée depuis ma tendre enfance à cette croyance. Je n'étais pas seule. Non.

Nous ne sommes pas seuls à porter l'insupportable !

Et je ne savais pas qui de là-haut venait me consoler, mais je commençais, comme une enfant consolée, sécurisée et bercée, à m'apaiser.

Prisonnière

Demain. Pleine lune. Mon corps est fatigué. Mon âme aussi.

Je dois pourtant garder ma motivation pour l'organisation du salon. Comment vais-je faire ? Le millepertuis ne semble plus efficace dans de telles circonstances.

J'ai rencontré, lors d'un dîner, un ami herboriste. Il m'a donné des huiles essentielles et m'a recommandé la lecture du livre N'enseignez que l'Amour, *du Dr Jampolsky.*

Tiens, l'amour, ma plus grande peur ! Il avait vu clair.

Oui, je prends tout ce qui passe pour me maintenir la tête hors de l'eau. Mais, ma principale thérapie, c'est d'écrire et d'écrire et de lire pour ne pas mourir. Oui, je cherche. Il doit exister un autre niveau d'état de conscience que celui où nous sommes prisonniers de nos souffrances et de nos émotions.

Ça fait trop mal en dedans. Je dois extirper ce mal de moi sans passer par ces petites pilules chimiques du faux bonheur, car je sais que la prochaine étape, si le millepertuis n'agit pas, est de passer au plan B.

Je cherche à travers les lectures. Je t'écris, Jacob, afin que tu me souffles la réponse.

Jacob, j'ai joint ton meilleur ami, Francis. Peut-être que lui a la réponse.

Mais j'ai fait un rêve qui me révèle qu'il n'est pas prêt à reparler de tout ça. Lui aussi doit souffrir terriblement. Peut-être vaut-il mieux ne pas nous revoir.

Cinq minutes à la fois

Un autre ange intervient dans ma vie. Une amie, Maria, une thérapeute de l'âme, en quelque sorte, me rappelle l'essentiel pour m'aider à traverser mon deuil un jour à la fois. J'angoisse sur l'ampleur de mon travail. J'arrive difficilement à me concentrer, les émotions en moi se bousculent, ce n'est pas un deuil facile à faire. Même si David est auprès de moi, ma pensée de toi, Jacob, m'obsède. Je continue de culpabiliser et d'éprouver encore aussi fortement tout cet amour pour toi qui n'es plus. Ce n'est pas juste. Mon amour pour toi est toujours aussi fort. Je n'arrive pas à l'enterrer. Oui, tu es toujours là et bien vivant.

Maria me dit : « Sophia, arrête de te mettre toute cette pression. Tu ressens ce que tu ressens, tu ne peux nier ce qui est en toi. Voici ce que je te conseille. Vis cinq minutes à la fois, sois en contact avec l'émotion qui est là, demande-toi quel est ton besoin actuel et ce que tu peux faire ici et maintenant pour te faire du bien et prendre soin de toi. Respire et sois présente à ce qui t'entoure. Relaxe en vivant cinq minutes à la fois. Tu es forte, ma belle, tu arriveras comme chaque fois à passer à travers cette épreuve, et n'oublie pas ton plus grand protecteur, ton grand confident. Il ne te laissera jamais tomber. Et nous non plus.

– Merci, Maria. Oui, je sais que le Seigneur est toujours là. Et ce qui compte le plus, c'est le présent. Merci tellement pour ce rappel. »

Je savais tout ça, mais le réentendre me faisait du bien. J'abordai les jours qui suivirent avec un peu plus de calme et je remerciai la vie pour ce qu'elle m'offrait à chaque instant : amour, protection, précieux amis, toit, nourriture, abondance et tant de beautés autour de moi...

Je retrouvai, pour un instant, mon centre, mon équilibre.

Début octobre – J'en arrache

Malgré ma pratique des cinq minutes à la fois et ma bonne volonté, mon système flancha.

Je devais remettre les armes. J'avais perdu mon combat. Selon le docteur, je devais passer du naturel au chimique, mais je ne pouvais me résoudre à avaler ces antidépresseurs. Non, je ne pouvais pas laisser l'ennemi gagner.

Mais, j'en arrachais.

Moi qui avais toujours été promotrice de la santé holistique, qui étais naturothérapeute et qui organisais des événements en ce sens, comment allais-je faire ? Cela allait à l'encontre de toutes mes valeurs, croyances et formations.

Depuis que j'étais toute petite, je me refusais à prendre des pilules ou à aller à l'hôpital et je ne savais trop pourquoi. J'avais toujours prié pour demander au Seigneur quand ça n'allait plus.

J'étais bardée de diplômes en santé et en approches globales de guérison. Je ne pouvais alors m'y résoudre. Mon entêtement et mes croyances étaient plus forts. À force de prières et de méditations, je voulais régler ce manque de sérotonine momentané, cette peine et cette culpabilité.

Oui, je « souffrais l'enfer », mais ça ne se voyait pas grâce à mon faux masque social et pseudoprofessionnel. Je demeurais toujours la belle Sophia rayonnante. Mais, en dedans, je voulais crier : « S.O.S., ça ne va pas. Tout en moi s'écroule. J'ai mal ! Moi aussi, un jour, je vais craquer. »

Et une question me passa par l'esprit. Si Jacob avait pris des antidépresseurs ou des stabilisateurs de l'humeur afin de ne plus monter si haut et descendre si bas, serait-il encore en vie ? S'il avait brisé le silence et qu'il avait cherché de l'aide médicale, que serait-il arrivé ?

Après avoir fait une petite enquête sur le Net, je constatai que 95 % des suicides cachaient souvent un problème chronique ou temporaire de santé mentale et que si les personnes avaient alors été médicamentées, elles n'auraient pas fait ce geste fatal.

Pourtant, mes recherches n'avaient pas eu assez de poids pour m'inciter, moi, à réviser mes propres croyances. J'étais vraiment trop entêtée. Si moi, une femme, je l'étais, alors j'imaginais l'obstination d'un homme…

Et un homme qui souffrait, selon ces mêmes statistiques, allait rarement chercher de l'aide. Il s'isolait et vivait seul son désespoir. Jacob avait-il un genre de cancer de l'âme ou juste une mauvaise chimie dans son cerveau ? Pouvait-il laisser son masque de « superhomme » pour crier son désespoir ? Oui, « demander de l'aide, c'est fort », avais-je lu un jour sur un dépliant pour hommes en détresse.

Et moi, j'étais pourtant encore figée dans mes vieilles croyances.

Il faut du courage et une conscience que certaines croyances, un jour, peuvent avoir été utiles, mais que, plus tard, elles peuvent ne plus nous servir. Trop ancrées, elles peuvent même nuire à notre évolution.

Moi, j'étais entêtée. Pourtant, mon mal-être était criant. J'avais peur de ne pas réussir, moi aussi, à passer mon diplôme…

Octobre – Un grand mandala

J'arrivai à l'événement que je coorganisais depuis quelques mois. Je ne savais pas comment ni avec quelle énergie et par quelle magie, mais je parvins à traverser ces trois jours sans problème. Tout se déroula à merveille. Nous étions dans un centre d'affaires et de commerce de Montréal. L'événement était une belle première.

Nous avions même réussi à faire venir des moines tibétains pour créer un grand mandala de sable et le dissoudre à la fin du salon afin de démontrer l'impermanence de toute chose.

C'était aussi le lancement du magazine que Jacob avait fondé. Quel tour de force ! Ce projet avait pu voir le jour, et ce, malgré l'épreuve immense qu'avaient dû traverser sa collègue et toute son équipe.

Servir une cause plus grande que soi permet parfois de sortir de sa propre souffrance. Là, ensemble, nous travaillions à l'ouverture de conscience pour une planète en santé et un monde meilleur.

Et je me dis tout haut : « Est-ce toi aussi, Jacob, qui insuffle toute cette belle énergie et ce temps de répit ? Si oui, merci ! »

Retard

J'avais du retard dans mes règles, soit 45 jours. J'avais atrocement mal au ventre. Était-ce relié au dérangement causé par les trop fortes émotions des dernières semaines ou au stress engendré, malgré sa réussite, par l'organisation du salon ?

Après maintes tentatives, je n'avais jamais réussi à avoir un enfant. C'était un autre grand deuil de ma vie que, chaque mois, la femme en moi devait vivre. Pourtant, les médecins m'avaient affirmé que j'étais fertile. Oui, une partie de moi l'espérait… *T'espérait…* Une douce euphorie s'installa.

Je pris un rendez-vous chez le médecin. J'étais mêlée. Je voulais avoir un enfant. Mais entre moi et David, tout n'allait pas vraiment, du moins, pas assez pour que nous devenions parents. Effectivement, ma lune de miel avec lui après la mort de Jacob n'avait pas duré longtemps. Malgré tout son soutien, je réalisais l'immense fossé qui désormais nous séparait.

J'avais fait apparemment une « fausse couche » selon la femme médecin qui m'avait vue. J'étais chamboulée, mais je me réfugiai vite dans ma tête. David, au fond, aurait-il été un bon père pour cet enfant, sachant mon désir malsain d'enfanter Jacob ? J'aurais été une mère trop fusionnelle à la pensée que l'enfant aurait pu être l'essence de Jacob réincarné.

J'avais fait un drôle de rêve dans la même semaine. J'avais un enfant de trois ou quatre ans vêtu d'une toge de petit bouddha. Il était assis sur mes genoux, et il y avait des enfants par terre tout autour. Ma mère était là. Elle m'avait dit qu'il fallait lui donner un nom maintenant. J'avais répondu Jean-Mickaël...

Je m'étais réveillée les larmes aux yeux et dans une énergie toute spéciale. C'était le genre de rêve que l'on n'oubliait pas.

Avoir de l'énergie autour de ma tête et de mon épaule droite m'arrivait sans que je m'y attende, mais je ne voulais pas trop y donner de l'importance.

Mon mandat était terminé. J'avais donc plus de temps pour moi.

Je remuais souvent encore dans ma tête les événements du suicide de Jacob. Je cherchais des indices et des pourquoi. Aurais-je pu voir venir son geste afin d'intervenir ? Trois semaines avant sa mort, il m'avait dressé une forme de bilan de sa vie, me révélant que, dans la balance, sa vie avait été plus négative que positive. Mais, je n'avais pas voulu l'entendre. Et la liste sur le comptoir, que j'avais vue la dernière fois que j'étais allée chez lui, est-ce que c'était ce genre de choses qu'il souhaitait régler avant de partir ? Et son insistance pour que je fixe un rendez-vous avec la médium Marie à une date précise, après sa mort... Et son empressement, voire son urgence à vouloir créer une solide équipe pour le magazine... Et ses étreintes beaucoup trop fortes lorsque je l'avais vu la dernière fois... Et son air triste et fatigué dans les semaines précédentes... Et le fait qu'il ne parlait plus de l'Espagne avec joie... Et, deux jours avant son départ, il attendait une réponse de la banque pour son projet. Avait-elle été négative ? Et sa difficulté à trouver une entente pour la garde de ses enfants... Et son problème de surdité qui le rendait de plus en plus sourd à la vie... Et le fait qu'il m'avait exprimé que sa vie avait été une vraie dégringolade sur tous les plans... Son isolement... Et le fait qu'il se confiait peu sur ses réels problèmes... Est-ce que Jacob faisait une dépression passagère ?

Avait-il fait ce geste fatal parce qu'on lui avait fermé les portes de l'amour à répétition ?

Une autre chose majeure me revenait. Jacob avait-il à ce point une nostalgie du ciel ? Après les grandes expériences de fusion qu'il avait vécues au printemps, est-ce que la vie sur terre, pour lui, était devenue trop difficile, trop banale ? Voulait-il retrouver cette grande ivresse de l'âme ? Et son drôle de texte, « Tu es Dieu », qu'il m'avait remis quelques jours plus tôt comme éditorial pour le nouveau magazine…

Étrangement, des gens qui avaient vu Jacob les soirs avant sa mort, avaient trouvé qu'il était très rayonnant malgré sa fatigue. Certains avaient dénoté une forme d'euphorie. Est-ce que c'était celle que j'avais touchée lors de nos derniers appels ?

Et à voix haute, je dis : « Jacob, je voudrais que tu viennes me souffler la réponse pour mieux comprendre la détresse d'un homme qui souffre en silence. Pourquoi ce geste extrême ? Pourquoi n'es-tu pas allé chercher de l'aide ? Il y aurait eu des solutions, j'en suis certaine. Peu importe l'ampleur de l'orage qui passait dans ta vie, le calme et le soleil un beau matin seraient revenus. Et si tu avais attendu un jour de plus… »

Tout cela me déroutait. Quel grand indice aurais-je pu détecter pour éviter peut-être son suicide ?

Je continuais à me poser des questions. Aurais-je pu faire une différence et le faire changer d'avis ? Je poursuivis ma recherche dans les bibliothèques. Je trouvai de l'information sur les nombreuses causes qui poussent les gens à se suicider, et particulièrement chez les hommes. Il y a plein de facteurs et d'équations possibles qui font qu'ils peuvent « sauter une coche » : séparation, peine d'amour, perte de la garde des enfants, perte de travail ou d'un poste prestigieux, difficultés financières, perte d'un rôle de protecteur ou maladie incurable, manque passager ou chronique de sérotonine, changements d'humeur, problèmes ou antécédents de santé mentale, mauvaise hérédité familiale, solitude, trop grand stress vécu par la pression au travail ou dans la famille, pression sociale, manque de soutien thérapeutique et d'écoute, etc.

Ce que je découvris m'aida à comprendre un peu plus ses changements d'humeur lors des derniers jours. Je lus qu'il arrive souvent qu'une personne qui va mal et qui montre des signes dépressifs peut tout d'un coup se mettre à bien aller. Alors, c'est souvent qu'elle a un plan... Oui, elle a trouvé enfin la solution pour faire taire toute sa souffrance, résoudre le non-sens de son existence et régler enfin tous ses problèmes. C'est la décision ultime !

Jacob, avais-tu pris ta décision de changer ton itinéraire ? Étais-tu heureux de partir pour un long voyage, sauf que ce n'était plus en Espagne ?

Moi qui, quelques années auparavant, avais fait un cours sur la prévention du suicide, c'était vraiment moi qui avais été sourde cette fois. Et j'avais besoin d'écrire dans mon journal.

Jacob,

Oui, je veux croire que j'aurais pu t'aider à voir une autre solution, que j'aurais pu te faire comprendre que tu étais toujours un superhomme malgré ton handicap, que tes épreuves étaient passagères, que ce n'était pas grave si, temporairement, tu ne répondais pas aux exigences et à la pression d'une société matérialiste et superficielle.

Toute ta vie, tu avais excellé dans tout en décrochant une foule d'honneurs.

Tu étais, oui, malgré toute ta souffrance et tes épreuves, un homme tellement magnifique.

Est-ce l'amour qui a fait défaut, ce mal d'amour, vécu depuis l'enfance, à commercer par la première femme de ta vie, ta mère, qui a creusé en toi un puits sans fond ? Oui, ce manque d'amour qu'aucun diplôme ou trophée ne peut remplacer ?

Pourquoi as-tu vécu tout cela en silence, Jacob? Et pourquoi n'as-tu pas ouvertement demandé de l'aide? Est-ce ton orgueil qui t'a tué?

Mais qu'est-ce qui s'est passé entre le vendredi et le samedi? Qu'est-ce qui t'a parachuté dans l'abîme?

Dieu que tu me manques, Jacob! Oui, tu étais tellement le genre d'homme dont j'avais besoin et avec lequel je pouvais créer tant de projets. Comme tu me l'as écrit, quatre jours avant ta mort, toi et moi aurions fait une équipe sensationnelle. Nous voulions tellement la même chose, nous avions les mêmes valeurs, les mêmes ambitions, la même soif de toucher au divin en nous. Pourquoi n'ai-je pas fait le grand saut? Pourquoi ai-je eu toutes ces peurs?

Je suis tellement désolée, Jacob. Je t'aime et j'espère que tu m'entends.

Pour changer d'air, je décidai d'aller marcher, mais je continuai de penser à lui. Pourquoi cette petite voix m'avait-elle empêchée d'aller vers lui avant? Était-ce parce que je ne croyais pas assez en moi, que j'avais peur que notre amour ne soit qu'un feu de paille? Était-ce la culpabilité de laisser David qui était tellement une belle personne et ma peur de le perdre aussi comme ami?

J'habitais toujours avec David, mais je savais aussi que je devais le quitter, que je ne restais pas avec lui pour les bonnes raisons. Entre David et moi, ce serait toujours un amour impossible. Il y avait une profonde amitié, oui, mais il n'y avait pas d'avenir possible comme couple. Nous n'étions pas vraiment compatibles.

Tout en continuant ma marche, je remuais encore dans mon esprit: «Est-ce ma petite voix, mon intuition, mon âme qui m'a, au fond, protégée afin de ne pas plonger dans ton abîme?»

Tant de questions sans réponses. Comment accepter et respecter son choix?

Et je repensais soudainement à la fameuse phrase qui un jour m'avait marquée dans le livre d'Arnaud Desjardins, un bijou d'écriture, *La voie du cœur*: « Il faut accepter l'inacceptable. » Mais, comment y arriver, dans la vie, Monsieur Desjardins ?

Et je regardais des gens sur mon passage qui souriaient, des enfants au parc qui s'amusaient. Tous ces gens semblaient si heureux autour de moi. Moi, je n'y arrivais plus. Était-ce juste un problème de sérotonine ? Je n'arrivais juste plus à prendre racine en ce monde. Vivre ici-bas était devenu trop difficile. Je voulais tellement aller retrouver Jacob. « Seigneur, donnez-m'en la force ! »

Et je continuais ma marche. Les larmes coulaient sur mes joues et l'instant d'après, le vent d'automne venait les assécher. Un pas à la fois, je prenais une grande respiration, mais il n'y avait que cette émotion.

La colère

Je me réveillai et la rage monta. Je criai tout haut à Jacob en espérant qu'il puisse m'entendre de là-haut: « Tu n'avais pas le droit de faire ça ! Tu n'avais pas le droit de nous abandonner, d'abandonner ! C'est égoïste d'avoir fait ça ! Pourquoi, Jacob ? »

Je frappai ma douleur dans mon oreiller jusqu'à épuisement: « Tu avais tellement tout pour toi. Et je suis en colère contre moi. Oui, je suis stupide de ne pas être allée vers toi. Je me culpabilise. Je te culpabilise. Je m'en veux quant à mon désir égoïste et au fait que tu ne sois plus là. Nous étions tellement près du bonheur, Jacob. Tu n'avais qu'à ouvrir la porte de ton âme et tu aurais trouvé les solutions. Aujourd'hui, je rage de ne pas pouvoir respecter ta décision, car tu n'as pas pris la bonne ! Je relis ton texte "Tu es Dieu". *Bullshit* ! Que de la *bullshit* ! Comment as-tu pu écrire, quelque temps avant ta mort, que pour grandir, il faut vivre ? »

Avec des propos semblables, Krishnamurti a dit: « Écoutez le message et non le messager, car un jour, tôt ou tard, vous serez déçu. »

Je poursuivis: « Tu n'avais juste pas le droit de faire ça, Jacob ! Pour tous ceux qui t'aimaient, tu n'avais pas le droit ! » Je serrai l'oreiller contre mon cœur. Maintenant, des larmes d'une profonde tristesse montaient, peut-être celles venues de bien des vies. « Pourquoi, Jacob ? »

Pourquoi, Jacob ?

Ce matin-là, j'ouvris mon journal. J'avais besoin de lui parler.

Jacob, avais-tu vraiment terminé ta mission sur terre ?

Une partie de moi savait que l'âme continue dans un autre plan.

Je voudrais juste enlever le poids, la prison qui me maintient dans mon monde émotionnel et dans la lourdeur de notre plan terrestre pour continuer à te voir, à t'entendre et à te ressentir. Je n'ai aucune certitude que c'est toi qui viens doucement autour de moi presque chaque jour.

Je m'étais demandé si le désir profond de Jacob était vraiment de servir l'évolution de l'humanité et l'éveil d'une nouvelle conscience. Alors, peut-être avait-il délibérément choisi de partir, juste pour mieux servir dans un autre plan, mais sans les contraintes et la lourdeur du corps physique et psychique et sans la densité de tout ce monde matériel et superficiel.

Nous en avions déjà parlé. Je me souviens encore de ce bout de conversation. J'avais dit à Jacob : « Parfois, il m'arrive de me demander comment j'ai pu être parachutée sur cette planète. Je suis certaine qu'ils ont fait erreur. J'aurais bien mieux "servi" si j'étais demeurée là-haut.

– Et moi donc, Sophia ! » m'avait-il répondu en souriant.

Jacob désirait-il quitter cette terre par simple, pure et bonne intention et non par sa trop grande douleur ou son désir de vengeance ? Avait-il été l'instrument qui s'était sacrifié par grand amour, pour tous nous faire grandir ? Ce choix avait-il été fait en accord avec notre plan d'âme à tous avant notre incarnation ? Cette décision venait-elle de cet atelier de février, en Estrie, où Jacob s'était rapproché d'une tout autre réalité ? Cette réalité lui manquait-elle ? Sa rencontre avec ce qu'il avait cru être l'énergie d'amour de Jésus était-elle à ce point forte que, peu à peu, il s'était détaché de ce monde, sachant que, de toute manière, son corps, dans la possibilité que l'âme ne meure jamais, n'était en fait qu'un accessoire devenu inutile pour servir son plan d'âme ?

Je ne savais pas pourquoi, mais croire à tout cela m'apaisait...

Ici, je dois préciser que si les propos ci-dessus étaient mal interprétés, certains lecteurs pourraient croire que mettre fin à ses jours de manière aussi violente est un geste correct. Ce n'est pas le cas ! Oui, nous avons tous notre libre arbitre, « le pouvoir de choisir », dirait Annie Marquier dans un livre portant ce titre. Ce libre arbitre, le grand Créateur l'a donné à tous. Par contre, se faire violence ainsi, c'est tout le contraire de se donner de l'amour. Je ne rends donc pas héroïque ce geste, mais une partie de moi voudrait avoir enterré un héros, un guerrier spirituel, un homme qui voulait sincèrement servir la lumière, mais qui ne pouvait plus supporter la prison d'illusions dans laquelle il s'était enfermé et dans laquelle toute l'humanité a choisi de vivre.

Un jour, nous voulons sauver la planète entière, alors que nous devrions nous sauver nous-mêmes. Est-ce qu'un être qui se suicide, dépouillé des contraintes de cette vie, peut sauver son âme ? Moi, pour l'instant, je n'ai aucune mémoire consciente de ce qui se passe de l'autre côté. Je ne me souviens même pas de ma naissance.

Parfois, j'oublie même ce que j'ai fait hier, alors comment me souvenir de ce monde de l'au-delà et de mes anciennes vies ? Je me dis que j'ai assez de choses à gérer dans cette vie. Je n'ai pas besoin de plus. Trop, c'est trop !

Alors, même si parfois je suis en colère contre Jacob, tout ce que je peux faire, c'est vite chasser mes pensées négatives qui sont inutiles et entretenir des pensées d'amour. Ainsi, je crois à cet *amour dans l'âme*, à celui qui continue au-delà de tout.

Partie IV

Messagers de l'au-delà, rêves ou réalité ?

Mes rêves

Il paraît que la mort est un simple passage. Elle concernerait essentiellement la conscience. Chaque nuit, dans notre sommeil, nous mourrions au monde physique pour vivre ailleurs. Donc, mourir serait comme nous endormir et nous réveiller le lendemain matin, mais dans un autre monde.

« Tu as hanté mes nuits de ton vivant, et voilà que tu y reviens même mort. Est-ce que l'on meurt vraiment, Jacob ? » Je me surprenais souvent à lui parler à voix haute.

Je lisais beaucoup sur la mort et l'au-delà. Je trouvais un grand réconfort dans le livre que j'avais acheté quelques années auparavant, *Le livre tibétain de la vie et de la mort*. J'y avais trouvé un passage qui disait qu'un suicidé se retrouvait piégé de l'autre côté dans sa souffrance, son angoisse, emprisonné dans le même état vécu sur terre.

Donc, Jacob n'avait rien résolu. Il n'était pas en paix !

Je lus que c'est à force d'amour, de compassion, de prières pour le défunt et aussi de volonté à le diriger vers la lumière qu'il peut se libérer de cet état de confusion, gagner enfin la paix de l'esprit et poursuivre ainsi son cycle de mort et de renaissance.

J'avais entrepris un cours sur les rêves. J'espérais ainsi pouvoir un jour revoir Jacob en rêve et savoir si ce qui était dit dans les livres était vrai. Je tenais alors un journal du rêveur actif. Je devais écrire un postulat de base, soit une courte phrase avant de m'endormir.

Jacob, où es-tu ?

Je me souviens que j'avais « tourné » toute la nuit.

Au matin, la seule chose que je me rappelais, c'était une immense bibliothèque, mais nulle apparition de Jacob. La nuit suivante, avant de dormir, je pris un verre d'eau, mis une musique de méditation et écrivis de nouveau à mon journal.

Jacob, où es-tu ?

Cette nuit-là, je me réveillai au milieu de la nuit. J'avais un vague souvenir d'un lieu sombre qui pouvait ressembler à un quartier malfamé, très lugubre, où tout était gris, sans fleurs, sans arbres. J'éprouvai alors un sentiment de tristesse. « Cet endroit n'est certes pas au ciel », me dis-je. Et dans ce sombre paysage, Jacob n'y était pas.

Évidemment, je voulais conserver une vision sentimentale de l'au-delà. Depuis toujours, je crois que lorsque l'on meurt, on arrive dans un lieu tout blanc où les gens sont rayonnants de lumière et où tous ceux que l'on a aimés, et qui sont déjà au ciel, sont présents. C'est le grand comité d'accueil. Par la suite, on franchit une porte et tout devient comme dans le film avec Robin Williams, *Au-delà de nos rêves*, un lieu où tout est coloré, fleuri, luxuriant, comme une toile de peintres impressionnistes avec la touche d'accentuation que l'on pourrait faire avec un logiciel de retouche d'image pour rendre tout plus brillant, éclatant. Puis, les verts y sont comme ceux que j'avais vus le jour de l'enterrement de Jacob ! Et pour ceux qui partent de façon précipitée, comme Jacob, eh bien, il y a un genre d'hôpital où des guérisseurs d'âmes sont présents pour atténuer un peu le choc et les remords...

Le lendemain, en repensant à ce petit bout de rêve lugubre, je me suis dit: « Non ! Je ne crois pas et je ne veux pas que, dans son infinie bonté, Dieu ait créé un enfer et qu'il y expédie tous ceux qui ont une sorte de cancer de l'âme, comme Jacob. C'est certainement dans un espace d'amour que des personnes comme lui doivent se retrouver. »

En toute connaissance de cause, je poursuivis ma réflexion. L'enfer était dans notre tête. Cette idée effroyable était alimentée collectivement par les grands courants religieux pour faire peur aux gens, les contrôler et même les rendre fous. Seule cette idée d'enfer, j'en étais certaine, occasionnait, chez certaines personnes qui allaient bientôt mourir, la peur de lâcher prise et de s'abandonner à ce passage inévitable. Elle les empêchait simplement de partir en paix.

Je voulais bien que l'enfer soit un lieu, dans notre esprit, où les souffrances sont atroces et insupportables et que, peut-être, dans le cas d'une personne qui souffrait au point de s'enlever la vie, il y ait un temps où elle revivait le même état de l'autre côté du voile, puisque l'âme est immortelle et qu'elle conserve tout.

Cependant, je doutais que l'enfer soit le lieu où se retrouvaient à perpétuité les âmes damnées, celles qui ne vont, selon la tradition chrétienne, ni au purgatoire ni au paradis. (Je suis désolée, Dante, malgré tout votre génie littéraire, je ne veux pas adhérer à cette sentence fatale.) Non. Je pensais que notre âme, peu importe son choix, tôt ou tard, passerait à un autre état d'évolution.

Je continuai durant plusieurs nuits à toujours poser la même question.

Jacob, où es-tu ?

Niet. Je devais comprendre que les morts ne se présentaient pas toujours sur commande, de la manière souhaitée et quand on le voulait.

C'est de manière bien inattendue que, plus tard, Jacob s'était manifesté.

Deux ans plus tard – Le pendu et la chamane

Je suivais à cette époque une formation en relation d'aide. Dans l'un des exercices, nous devions, à l'aide d'un jeu de tarot, décrire la première image et la première émotion qui nous venaient en tête par rapport aux cartes reçues. Nous étions alors en petit groupe.

Étrangement, devant moi s'est retrouvée la carte du pendu. Les illustrations n'étaient pas comme le jeu traditionnel. Il y avait un homme monté sur une chaise, la corde au cou, et une rose rouge se trouvait en bas de l'image, dans le coin.

Je voyais Jacob pendu, et la rose rouge me rappelait celle qu'il avait gardée pour moi et que j'avais vue la dernière fois chez lui. Je fus alors envahie par une étrange énergie dans tous les recoins de mon corps. Je poussai un cri d'horreur. Le jeune homme qui était assis devant moi leva les bras vers le ciel par une force qui n'était pas la sienne. Pour ma part, mon énergie me quitta comme pour sauter sur ce jeune homme.

Alors, une collègue de classe s'approcha discrètement de moi et me révéla ceci : « Sophia, ça va ? Je viens d'une lignée de chamanes, poursuivit-elle. Ce matin est apparu, dans les cartes, le symbole du loup blanc, signifiant que j'aurais à aider quelqu'un, une âme défunte. »

Sa famille avait depuis des générations comme mandat de libérer les âmes en détresse qui avaient eu une mort violente. Donc, sa mission était de se rendre dans les hôpitaux et d'intervenir, avec la permission du défunt et des proches, s'il y avait lieu. Ensuite, elle communiquait apparemment « télépathiquement » avec l'âme défunte ses demandes et la permission de la libérer. Elle ne demandait aucune rémunération à la famille endeuillée. Seule l'intention pure du geste, qui était de libérer l'âme, avait un pouvoir. Il était ici le seul moteur, ce qui honorait pour moi grandement le travail de cette lignée de passeurs.

Elle pouvait ainsi alléger l'état de choc et faciliter le passage de l'âme afin de l'aider à traverser cet état de confusion dans lequel elle se retrouvait et qui avait été causé par un geste volontaire ou pas. Cette aide pouvait s'adresser autant à celui qui était victime d'un accident, d'un meurtre ou d'un suicide.

Elle me dit : « Y a-t-il quelqu'un, près de toi, qui est mort dernièrement, car une âme a sérieusement besoin d'aide.

– Oui, cela fait deux ans cependant. »

Et je lui racontai mon histoire avec Jacob.

« Veux-tu faire un rituel afin de l'aider ? Cela, apparemment, t'aidera aussi, puisqu'il semble être collé à toi. »

Je m'étais dit à moi-même : « Je suis désolée, Jacob. C'est moi qui me colle encore à toi. »

Elle et moi avions donc fixé un rendez-vous. Ce travail allait se faire à distance. Il fallait trois personnes pour former un triangle d'énergie et de lumière en pensée. Nous devions porter des couleurs pâles, nous préparer par un état serein de méditation et faire brûler de l'encens et des bougies. Puis, à une heure sonnante, la chamane, par son esprit, entrerait en communication avec l'autre côté du voile et aiderait le suicidé ou le défunt.

Je résidais alors seule dans une immense maison toute blanche, de la bonne couleur, pensai-je ironiquement. Elle était nichée sur une montagne au cœur des Laurentides. J'y faisais un petit séjour, question de prendre un recul, un autre quant à ma relation avec David. Cependant, ce soir-là, j'avais sérieusement besoin de lui. Je le joignis et l'avisai de mon plan un peu hors de l'ordinaire. Il n'en fut point surpris. J'étais prête à tout faire pour libérer Jacob. Il y avait donc eu le rituel catholique, ensuite, le bouddhiste et le chamanique. Et comme je voulais, moi aussi, enfin être libérée, alors j'étais consentante pour jouer le jeu qui, au fond, n'en était pas un.

J'avais la frousse. J'avais besoin d'un bon terrien pour me parler jusqu'à ce que je commence la méditation et pour être présent aussi dans les secondes où je terminerais le rituel.

Déjà, habiter seule dans cette vaste maison était tout un exploit, et là, faire de la haute voltige dans le monde des esprits… Wow ! C'était fou ce que le petit moi pouvait s'infliger lorsqu'il laissait les commandes à sa partie la plus élevée.

J'ai fait bien des choses pour contribuer à faire régner la lumière sur la terre et me relier à une force immense en moi pour dépasser mes peurs, surtout lorsque je devais traverser des fils de fer en hauteur dans certains cours de développement personnel. Et c'était pour moi, en effet, de la haute voltige spirituelle. Nous avons parfois des ressources insoupçonnées en nous que seuls des événements vécus hors de notre cadre habituel nous permettent de découvrir.

Là, j'avançais avec ma peur, et peut-être l'une des plus grandes, celle du monde des esprits !

À mon grand étonnement, tout s'était déroulé en douceur, tellement que je m'étais demandé si la rencontre du triangle avait eu lieu. L'ego avait besoin de tout savoir et de contrôler, au lieu de faire confiance au processus. Mais après tout, ce n'était pas moi, la chamane !

Enfin, de grandes nuits paisibles suivirent cette séance. En effet, je n'avais pas cherché à entrer en communication avec Jacob. Je ne savais trop si c'était par peur ou simplement parce que je voulais bien croire que là, il devait être en paix et qu'il fallait enfin le laisser se reposer.

Odile

Un jour, une femme médium me communiqua que j'avais une grande réceptivité quant aux âmes décédées, que c'était une forme de don. J'étais un peu « Thomas » par rapport à cette révélation. Par la suite, je m'étais mise à repenser au nombre de fois où une personne, avant de mourir, était venue me visiter en rêve : mes grands-mères, mon grand-père, mon oncle. Même le suicide du conjoint de ma cousine m'avait été annoncé ainsi. Pourtant, je l'avais à peine connu.

Puis, je me suis souvenue que quelques années auparavant, j'avais travaillé dans une librairie durant une année et que je m'étais liée d'amitié avec une charmante dame plus âgée que moi. Elle s'appelait « Odile ».

Un beau matin, j'avais quitté la librairie pour aller occuper un poste d'agente à l'emploi. Pourtant, les livres étaient l'une de mes grandes passions, mais je n'arrivais pas à supporter la routine de commis de librairie.

La mémoire de cette amie me revint et je me souvins donc de la dernière fois que je l'avais vue. C'était en rêve. C'était la seule fois que mon amie était venue me visiter. Même après plusieurs années, ce rêve était toujours aussi clair.

Elle était là, dans un long couloir avec plein de portes de chaque côté. Elle me regardait, le visage blême et sans expression. Je dis son nom : « Odile, Odile », mais elle ne répondit pas.

Le matin, en me levant, j'étais inquiète pour elle. Je l'avais appelée à l'ouverture de la librairie, car il était vrai que je l'avais négligée, ayant quitté déjà depuis un mois mon travail là-bas.

Et une collègue me répondit qu'elle venait tout juste de recevoir un appel. Odile était décédée à la suite d'un cancer généralisé. Elle n'en avait parlé à personne. Elle était partie juste après moi pour aller se reposer à sa maison de campagne.

Je raccrochai, triste de n'avoir pu être là pour elle.

Des années plus tard, je repensai à Odile et je me demandai vraiment si les morts venaient nous faire signe ou si c'était de la simple fabulation. Une forme de conscience continuait-elle vraiment de l'autre côté ?

Une amie, qui est auteure, conférencière et canal pour les défunts, avait écrit plusieurs bouquins sur l'après-vie. Pour me réconforter sur la question, je l'appelai et elle me répondit : « L'âme vient effectivement parfois nous voir dans nos rêves ou elle nous tire du sommeil juste au moment où elle quitte son corps de chair. En fait, c'est un appel à l'aide qu'elle nous envoie.

– Je vais bientôt me doter, moi aussi, d'une ligne directe "S.O.S. de l'au-delà" si cela continue », répondis-je en riant.

Quelques minutes d'échange devinrent presque une heure, comme presque chaque fois que je lui parlais. Il faut dire que la mort est un sujet tellement fascinant ! D'ailleurs, c'est important de démystifier ce passage inévitable. Et cette femme le faisait avec tant de simplicité. J'avais raccroché, heureuse d'avoir une amie complice pour des sujets aussi *flyés*.

Cette nuit-là, avant de m'endormir, j'écrivis à nouveau à Jacob.

Je sais que je devrais te laisser en paix, mais très égoïstement, je voudrais avoir un signe que tu vas bien et que, oui, il existe bien, cet au-delà.

Il avait dû faire la sourde oreille, car il ne m'avait pas répondu.

2003 – David

J'allais bientôt avoir quarante ans. Ma formation en relation d'aide m'avait aidée à faire le ménage en moi, à voir plus clairement ce qui m'avait tant reliée à David. Pour moi, bien que tordue, cette relation m'avait apporté protection et sécurité – comme le fait un père – et une sorte de stabilité par le côté bien terre à terre de David. Il m'avait appuyée de manière remarquable dans la réalisation de projets d'envergure : un salon et un festival en santé holistique.

Malgré tout, dans la balance, il y avait plus de poids du côté négatif en raison de nos grandes différences. Cette relation était devenue malsaine pour nous deux. Je n'étais pas avec lui pour les bonnes raisons. La petite fille en moi devait grandir. Et c'est avec tout mon courage que je quittai un être cher, un homme qui aurait dû dès le départ être un précieux ami.

Désormais, j'en étais certaine. Si j'avais pu enlever plus tôt mes couches de peur de l'amour, je n'aurais pas hésité un instant et je serais allée vers Jacob, que j'aimais profondément.

Avec de l'aide, je pris donc mon envol de femme qui allait maintenant écouter, oui, toute l'intensité de son cœur pour se choisir en premier et trouver, qui sait, un jour, le véritable amour.

Mon choix avait été difficile à accepter pour David. Je lui avais fait du mal, je le savais, mais il avait pu guérir en laissant éclore tout son côté artiste. Nous avions pu en rire des années plus tard. Si seulement, à chacune des ruptures, à chacun des deuils que l'on fait, on avait la confiance que cela fait partie du grand plan.

Quelques mois plus tard, le temps de panser son cœur blessé, David était revenu dans ma vie comme un véritable et précieux ami. « Jusqu'à la mort », m'avait-il dit un jour.

Contrat de vie

Entre-temps, j'organisais toujours des événements dans le milieu du développement personnel. Cette fois, c'était avec Rick Jarow. Le sujet portait sur la mission de vie. Je décidai de me joindre au groupe pour participer à l'un des processus durant l'atelier.

Rick nous avait invités à faire une profonde méditation afin de visualiser notre contrat de vie. Sur une douce musique, nous nous laissâmes guider. Le grand périple débuta.

Le but de ce voyage intérieur était d'atteindre un état si paisible que le mental allait décrocher. Nous devions seulement laisser émerger les images, les sons ou les sensations qui venaient afin de nous rappeler notre contrat de vie, celui fait avec nos guides avant notre présente incarnation.

J'embarquai à bord totalement sceptique.

Le voyage s'effectua dans le grand confort, en première classe. Le vol allait bientôt arriver à destination, la descente se faisait à rebours, soit de notre vie présente à notre naissance. Il nous fallait nous abandonner totalement à ce qui allait venir.

Mon corps devint de plus en plus lourd et j'eus encore cette même sensation d'être dans un bloc de ciment sans corps et presque sans pensées.

Je devais juste faire confiance au pilote, en l'occurrence moi-même.

À ce moment, l'ultime sujet gronda. Rick dit : « Maintenant, vous devez remonter avant votre naissance, de laquelle je vous épargne la vision, et vous allez demander à votre guide ou à vos guides d'incarnation de se présenter à vous. » Moi, je me suis retrouvée étrangement autour d'un feu. Trois hommes y étaient : deux personnes plus vieilles et Jacob !

Et Rick continua. Sa voix me sembla alors tellement lointaine : « Vous allez maintenant demander à vos guides quelle est votre mission d'âme, quel est le contrat de votre présente incarnation. » À ce moment, on me répondit bêtement (c'est ce que j'en ai jugé par la suite) : « Acceptez la vie ! »

Nous restâmes quelque temps dans cet état et ensuite l'animateur reprit l'envol pour nous ramener à notre destination de départ. Une fois bien de retour dans la salle, on nous proposa d'écrire dans notre cahier, de prendre une pause et de demeurer bien en silence afin de mieux intégrer l'expérience.

Moi, je me suis levée. J'étais complètement désarçonnée. « Non mais quel culot, Jacob ! Ou bien j'ai l'imagination trop fertile ou tu es un sacré blagueur. Que foutais-tu là ? Et c'est quoi, cette réponse banale d'accepter la vie, pendant que toi, tu t'es enlevé la vie ? Comment oses-tu ? » Je souhaitais entendre n'importe quoi d'autre, comme la révélation de ma grande mission, l'éventuelle construction d'un centre, d'une école, la future écriture d'un livre, mon orientation vers la passion ultime, ma grande vocation. Non mais là, c'était n'importe quoi !

J'avais besoin de respirer, de reprendre le contrôle de moi-même, et je suis allée m'asseoir dehors sur une table de pique-nique. J'étais fâchée, et remuée à la fois, contre Jacob, et contre moi-même aussi, d'avoir créé cette banale réponse dans mon esprit.

Décidément, tout ça n'était qu'une niaiserie !

Puis, sorti de nulle part, un vieil homme s'avança. Il m'aborda en me disant : « Ah ! Que j'aime revenir ici ! Je viens une fois par an. Cela me rappelle mon enfance. J'allais dans cette école et ma classe se trouvait là-haut », me dit-il en pointant la fenêtre du troisième étage, celle où notre atelier se déroulait.

« Drôle de coïncidence », me dis-je. Et il continua : « À mon âge, toutes les petites choses qui autrefois m'apparaissaient insignifiantes deviennent importantes : le bleu du ciel, le chant des oiseaux, le sourire des gens, le regard d'un enfant. »

Son discours m'agaçait presque. Je n'étais pas d'humeur à entendre des paroles philosophiques à la « boule de gomme ». Bon, j'étais un peu sévère, mais j'étais venue pour m'isoler un peu et reprendre mes esprits. Et lui, il continuait de me parler de sa jeunesse, mais aussi du quartier, de sa paisible retraite et de comment il appréciait maintenant chaque moment de la vie.

En sortant un peu de mon petit moi qui ne voulait pas être dérangé, je me suis mise à l'observer. Il n'avait rien d'un vieillard courbé par le fardeau des années. Il était bien souriant, il avait les yeux pétillants et, de toute évidence, il mordait dans la vie. « Mon Dieu que j'aimerais vieillir aussi lumineuse et sage que lui ! » pensai-je.

Je sentais que le temps filait, que je devais remonter. J'avais donc dû l'interrompre : « Désolé, Monsieur », lui dis-je en lui tendant la main et, étrangement, en lui demandant, ce qui n'était pas dans mes habitudes, son nom. « Jacob, me répondit-il. Jacob Duteuil. » Je lui ai fait répéter trois fois. Il a froncé les sourcils. Il devait se dire que j'étais un peu sourde pour mon âge... « Jacob Duteuil. »

Je me sentis faiblir. « Ce n'est pas vrai, je deviens folle », me dis-je pendant que les cloches de l'église sonnaient. Il avait le même prénom que...

2004 – Le pardon

Les mois et les années s'écoulaient et Jacob était toujours présent en moi.

J'avais, après mes formations en relation d'aide et en *coaching*, besoin de sortir de ma tête et de m'enraciner plus dans mon corps. Après avoir exploré quelques années plus tôt le flamenco et le baladi, j'entrepris d'apprendre la danse africaine, un *workout* à la puissance dix. Lorsque je sortais de cette heure de cours, il n'y avait plus de pensées, juste un corps épuisé, mais d'une bonne fatigue. J'adorais la sensation. Je m'abandonnais très aisément à ces mouvements qui étaient, à certains moments, presque endiablés. Et comme ce n'était pas suffisant, je m'inscrivis également à un cours de « Power yoga » qui était alors devenu très *in*.

Une partie de moi ne voulait plus penser. Lorsque je bougeais, Jacob n'était plus là. Mais, je ne pouvais le laisser aller, car je m'adressais constamment à lui dans mon journal personnel. Il était devenu mon deuxième confident céleste. Par contre, je faisais attention pour ne plus lui envoyer de pensées négatives.

J'avais sérieusement besoin de parler à quelqu'un de là-haut. Je lui demandais de me guider vers ce qui serait juste de faire pour me libérer de plus en plus de mon bagage parfois trop lourd à porter.

J'aurais tellement voulu faire un *rewind* avec ma vie pour l'aider. Je me demandais toujours pourquoi Jacob était parti ainsi.

Je venais de terminer une autre organisation d'événement et j'avais du temps devant moi. J'avais donc demandé un signe pour m'aider à accepter son choix. Quelques jours plus tard, je l'ai reçu.

Mon amie Louisa m'appela pour me parler d'une retraite qu'elle venait de faire et qui lui avait apporté une grande libération et une paix intérieure.

Quelques jours plus tard, je partais seule vers Cacouna pour me rendre au Cénacle, non loin, étrangement, de cette fameuse Île-Verte. J'allais, pendant cinq jours, entreprendre une « agapè-thérapie ». Il s'agit d'une démarche profonde de guérison intérieure. En fait, c'est la guérison par l'amour de Dieu. Le Christ intervient dans notre vie en touchant les racines de nos blessures pour transformer nos « vieilles histoires » en une création nouvelle par la prière et le pardon. Nous partons d'avant notre conception jusqu'à aujourd'hui pour accorder les pardons nécessaires à ceux qui nous ont blessés et aussi à nous-mêmes pour ceux à qui nous avons fait du mal. Cette guérison passe par l'écriture, les prières, l'imposition des mains, les magnifiques chants en langues, ces voix inspirées des anges s'adressant directement à Dieu, et les forces divines invisibles constamment présentes. L'ultime cadeau, c'est recevoir la grâce ou le repos de l'esprit. Des milliers de personnes dans le monde, sœurs, prêtres, ex-prisonniers, drogués, prostitués, monsieur et madame Tout-le-monde, jeunes adultes et vieux se libèrent ainsi du poids devenu trop lourd à porter ou goûtent ces moments de grâce. C'est en silence, mis à part nos échanges avec notre accompagnateur, que se déroule cette retraite de pardon. À la fin, seulement, il y a un temps de partage. Souvent, cette thérapie, c'est un peu la dernière chance que les gens se donnent dans cette vie, selon le témoignage de certains. Le partage de la fin est tellement riche. À ce moment se révèlent de vrais miraculés tant sur le plan physique que psychique et, étonnamment, autant chez les croyants que chez les athées.

Moi, petite et grande Sophia, me rangeant du côté des croyants, mais pleine de doutes, j'allais enfin m'abandonner entre les mains de Dieu pour enlever une couche de plus qui me séparait de ma réelle essence, celle de l'être d'amour, de lumière et de paix que nous sommes tous.

J'avais, lors de cette thérapie, accordé le pardon à mes parents pour leur abandon à la crèche lors de ma naissance. J'avais demandé pardon à Jacob de ne pas être allée vers lui, d'avoir douté de son amour. J'avais pardonné à Jacob d'être parti ainsi. Et je m'étais pardonné de ne pas lui avoir dit *je t'aime* de vive voix avant qu'il ne commette ce geste fatal.

Durant ces cinq jours de grande guérison, la Sophia qui doutait, soudainement, ne doutait plus. Le grand Esprit l'attendait au détour. Combien de fois avait-elle été touchée par ces états de grâce ? Là, j'étais clouée à une chaise, le corps présent, à la fois lourd et immobile, sentant en même temps la légèreté et le vide de la plénitude, là où tout en soi est total abandon, cet état où il n'y a plus de pensées, où il n'y a que le repos de l'Esprit, où une profusion d'amour et de paix envahit tout l'être. J'étais devenue UN avec le Grand-Tout. Je vibrais à une intensité inexplicable.

Une fois, je suis demeurée plus d'une heure dans cet état, peut-être deux heures, aux dires de certains.

Et là, en un éclair, j'avais compris ces grands yogis et moines qui pouvaient s'asseoir sur une chaise et décider que leur heure était venue. Ils pouvaient simplement quitter leur manteau de chair. J'avais aussi cru, ce jour-là, que c'était par la voie du Saint-Esprit que Marie avait eu Jésus. J'avais cru en sainte Thérèse d'Ávila, en sainte Hildegarde et en tous ceux qui avaient été touchés par la grâce de Dieu et qui avaient vécu de grandes expériences mystiques.

J'avais un faible aperçu du plus grand que moi.

La psychiatrie, pensai-je, pourrait appeler cela la « dissociation ». Par contre, moi, ce jour-là, je n'avais plus de doute qu'il y avait quelque chose de plus grand que nous et que Dieu nous aimait, et ce, même si notre mère, un jour, nous avait abandonnés, même si un amoureux nous avait quittés brutalement et que certains jours, nous n'en pouvions plus de vivre nos souffrances.

Oui, ce jour-là, et les autres fois qui suivirent, j'avais eu la confirmation qu'il était là à veiller sur nous. Et je savais aussi qu'il nous aimait assez pour nous avoir laissé notre libre arbitre.

Quelques jours plus tard, Jacob, tu es venu me visiter en rêve. Une autre grâce… Merci !

Projet de livre

Je veux écrire un livre sur ta vie. Je le confie à un talentueux écrivain. Je rencontre ta tante. Elle me révèle que ta cousine, que tu aimais tant, avait reçu une lettre de désespoir quelque temps avant ta mort. Dois-je la joindre au livre ?

Tous les événements qui entouraient la vie et la mort de Jacob me revenaient, comme celui où sa belle-mère m'avait serrée dans ses bras le jour de l'enterrement, et en me disant que Jacob m'enverrait un homme encore mieux que lui…

C'était impossible, pensai-je alors en silence. Mais je l'attendrais impatiemment.

Le projet d'écriture avorta, car l'histoire prit une tournure qui me rendait mal à l'aise.

Les jours qui ont suivi, Jacob s'était à nouveau manifesté.

Un rêve de toi

J'ai rêvé de toi.

J'ai rêvé que tu ressuscitais, que tu n'étais pas vraiment mort.

Je t'ai sauté au cou.

Je t'ai dit que, maintenant, j'allais t'aimer éternellement.

Tu étais si beau.

Tu n'as pas répondu.

Tu t'es mis à arpenter les rues et à chercher tes enfants.

Puis, tu t'es soudainement retourné et tu m'as dit :

« Je dois leur dire que je les aime. »

Toute la journée, j'ai baigné dans une douce énergie.

Ta visite m'a tellement rendue heureuse.

Oui, tu es encore là.

Lumière de décembre

J'ai fait un drôle de rêve, celui que j'allais enfanter un enfant divin, un être de lumière.

2005-2007 – Thérapies

Je continuai ma pratique comme intervenante en relation d'aide, mais un jour, c'est moi qui eus besoin d'aide. Je plongeai directement dans mon propre abîme. La « machine » avait lâché, je devais retirer mon masque et me reposer. J'avais accepté alors d'aller voir à nouveau un médecin près de chez moi.

Je tombai sur une équipe d'anges.

J'embarquai dans la machine et entrepris une longue thérapie. Je finis par accepter plus tard l'évidence de prendre ces fameuses pilules du bonheur. Ma propre médecine avait échoué. C'était comme si la honte était désormais accrochée à mon âme. Au début, chaque fois que je devais aller chercher mon ordonnance chez le pharmacien, j'avais l'impression de me diriger vers une potence et d'avoir sur mon front une étiquette sur laquelle était inscrite ma triste sentence : « Voici une malade mentale ! » J'aurais voulu alors me justifier : « C'est que je n'en peux plus de ce deuil, j'ai hérité d'une mauvaise "chimie", j'ai peut-être reçu un mauvais sort à la naissance et il ne fait pas assez soleil dehors… »

Le premier jour où j'avais avalé pour de bon ces petites ennemies chimiques, j'étais restée toute la nuit éveillée à observer ce qui se passerait dans mon cerveau. « Mon Dieu, est-ce que cela rétablira ma chimie du cerveau ou la mêlera davantage ? Est-ce qu'un jour, je pourrai recevoir à nouveau votre grâce ? Est-ce que je serai déconnectée de vous ? »

Bien sûr qu'au bout de quelques semaines, je me rendis compte que Dieu était bien plus fort que toutes les armées de petites pilules rouges ou blanches de la terre.

Partie V

Ticket rapide pour l'au-delà, le grand train du ciel

Sept ans plus tard – Sur la terre comme au ciel

Cela faisait déjà sept ans que Jacob était parti, mais pas un seul jour ne passait sans que je pense à lui.

J'avais intensifié, au cours des dernières semaines, mes séances de méditation. J'avais entrepris un travail intense sur les chakras, ces petits centres d'énergie en nous et autour de nous qui, une fois alignés, nous font vibrer et nous rendent sensibles à d'autres fréquences. J'envoyais toujours de l'amour et de la lumière à Jacob.

J'étais à nouveau sur les rails. Ma soif d'apprendre était revenue. Je suivais des cours de toutes sortes. J'ajoutais à mon curriculum des formations en guérison énergétique et je donnais des soins en tant que naturothérapeute.

J'intensifiais également mes recherches sur la vie après la mort. Un docteur, Jean-Jacques Charbonier, anesthésiste-réanimateur, avait écrit un livre, *L'après-vie existe*. Les gens qui avaient une sensibilité médiumnique n'étaient plus seuls à avancer une telle affirmation. La science apportait maintenant des preuves.

Non, je n'étais pas folle. Ce n'était pas du délire. Jacob vivait bel et bien dans une autre dimension et, malgré tout le temps passé depuis sa mort, je sentais toujours sa présence.

L'aide que j'apportais aux gens en tant que thérapeute me propulsait directement dans mon cœur. Je devenais toujours plus sensible, comme si un changement énergétique s'opérait en moi. Je n'avais plus le goût de manger les mêmes choses. Les saveurs des aliments n'étaient plus les mêmes. Mon corps me dictait exactement ce dont j'avais besoin, et je l'écoutais. Plus de brocolis, des épinards et du poisson. Oups ! Une petite frite en passant, mais j'essayais de ne pas juger mes envies. Même les fruits que normalement j'aimais plus ou moins étaient devenus savoureux.

Que se passait-il en moi ? J'étais beaucoup plus détendue. Pourtant, tout autour de moi était pareil. C'était vraiment une question d'ouverture à ce qui EST. Je me sentais parfaitement alignée sur tout mon être. J'avais repris goût à la vie.

Un beau matin, je me décidai à écrire toutes mes grandes croyances et à oser les remettre en question. Je fis en quelque sorte le ménage, comme il m'arrivait chaque printemps de le faire avec mes vêtements. Par la suite, je refilais ces derniers à des amis ou à des gens plus démunis. Cependant, cette fois, une chose était certaine. Ce n'était pas du tout nécessaire de donner mes vieilles croyances limitatives à qui que ce soit !

Chaque nuit, mes rêves devenaient de plus en plus clairs et je pouvais les noter au matin. Je vivais un moment d'expansion après une longue contraction, comme si la mort de Jacob m'avait aidée à accoucher de moi-même. Et, la nuit venue, même mes rêves avaient changé.

Une nuit, je me suis retrouvée dans un genre de palais grec aux grandes colonnes blanches. J'étais entourée d'un immense lit d'eau limpide aux reflets turquoise. Des femmes et des hommes habillés de blanc et « de silence » étaient présents. C'était la paix totale.

Le matin, j'inscrivis ce rêve et je lui donnai le titre « Wow ! Le pays des anges ». Le paradis ! C'était là que je voulais aller après ma vie ici.

Une autre nuit, après avoir avalé des granules homéopathiques, je choisis un postulat. *Guérison.*

Je prenais étrangement une douche et, en sortant, je me retrouvai devant des moines bouddhistes.

Une autre nuit, je glissai dans un palais de cristal avec des gens que j'aimais.

Une autre, on me plaça de la silice sur le corps, à différents points d'acupuncture. (Une connaissance qui travaillait en biodynamie me fit faire le lien plus tard que mon corps avait un surplus d'acide. Je compris alors que j'avais besoin de boire des tisanes de cette plante.)

Bon, cela me faisait du bien, car mes nuits n'avaient pas toujours été aussi légères, même que très souvent, je devais affronter mes petits monstres nocturnes et je me réveillais, ou mon conjoint me réveillait, parce que je faisais un cauchemar.

Et certaines nuits, comme un rêve récurrent, l'immense librairie était là. Moi qui aime lire. Cela ne m'étonnait pas.

Une nuit, j'écrivis avant de m'endormir un postulat de base.

Que se passe-t-il vraiment de l'autre côté ?

Demandez avec toute la sincérité du cœur et vous recevrez ! À preuve, on me servit, sur un plateau non pas d'argent, mais d'un doré lumineux, la réponse à ma grande question.

Je me souviens encore clairement, même après des années, de ce rêve tellement je baignais dans l'amour au réveil.

Le vieil homme

Un vieil homme à la stature immense et aux yeux clairs était apparu. Il me dit : « Tu as demandé, et ton cœur et tes intentions sont purs, mais tu devras transmettre tes connaissances à d'autres âmes qui comme toi ont souffert de la perte brutale d'un être proche ou qui encore souhaiteraient malheureusement mettre fin à ses jours. »

À ce moment-là, je ne savais trop si je rêvais tellement j'étais envahie par une énergie forte. Le vieil homme poursuivit : « Dans les prochaines heures, tes chakras de la couronne, de ton troisième œil et du cœur seront plus ouverts. Tu te souviendras et tu auras accès à une synthèse de la grande bibliothèque. Puis, les secrets de la mort et de la vie te seront alors accessibles. »

Et l'information défila : « Sur la terre comme au ciel. » C'est avec un ton ferme, mais teinté d'amour que le vieil homme enchaîna : « Le ciel, c'est pour tous, mais nul n'a le droit d'interrompre sa vie sans conséquence. Tout est enregistré comme sur un disque dur : vos pensées, vos mémoires, et tout devient transférable. C'est le fil d'argent qui vous relie d'une forme à une autre et qui voyagera éternellement avec vous. Lorsque vous mourrez, ce sera un peu comme prendre le train. Son départ se fait souvent dans un brouillard épais. La première station de débarquement peut sembler grise et inhabitée. C'est le fameux tunnel noir. Mais, pour l'ensemble des voyageurs, le passage ne sera pas trop long, mais pour d'autres, cela semblera interminable.

» Si vous souffrez et que vous pensez que mettre fin à vos jours résoudra tout, alors c'est une grande illusion, puisque cela est logé dans votre âme, votre double, alors vous transportez automatiquement tout votre lourd bagage vers une sombre destination. Votre corps n'est plus, mais votre conscience, elle, continue.

» Pour être plus clair, ceux qui auront embarqué prématurément dans le train parce qu'ils auront quitté la gare de manière brutale, par exemple à cause d'un accident, ou qui auront volontairement mis fin à leurs jours se retrouveront dans une période de brouillard temporaire plus ou moins longue.

» Beaucoup d'amour des gens qui vous aimaient et des guides du ciel sera nécessaire pour vous sortir de ce brouillard.

» Le prochain arrêt vous conduira à ce qui ressemble à une salle de réveil. Il y aura beaucoup de guidance, d'amour et de lumière pour vous aider.

» Pour ceux qui se sont suicidés, l'aide sera encore plus grande.

» Vous avez pensé à tort de partir vers une destination pleine de soleil et de lumière. Ce n'était pas le bon ticket d'embarquement.

» Les regrets et les remords vous empêcheront de profiter du voyage. Ce non-amour que vous avez eu envers vous-même en quittant les vôtres, souvent en oubliant même de leur dire au revoir, vous poursuivra longtemps. Et vous serez le seul maître à bord pour vous juger et décider de quelle manière vous devrez un jour ou l'autre réparer tous les torts causés.

» Mettre fin à vos jours ne règle en rien vos problèmes. Cela retarde grandement votre élévation ou l'arrivée à votre destination pourtant tant souhaitée.

» Peut-être avez-vous aperçu cette lumineuse destination au cours de votre voyage sur terre, lors de vos méditations, et que vous avez une sorte de nostalgie du ciel, qu'une part de vous a souhaité ardemment retourner dans ce que vous savez inconsciemment être votre véritable demeure.

» Votre âme, comme toutes les âmes, a une essence à l'origine remplie d'amour et de lumière. Une partie de vous se souvient. En revenant dans un corps de chair, vous aviez un contrat vous permettant de faire vos apprentissages pour aller plus rapidement vers la destination ultime. Et c'est un grand privilège que parfois vous oubliez.

» L'amour de soi et des autres est la grande clé pour accéder à des plans plus lumineux de conscience.

» Et en interrompant votre contrat, vous avez enfreint la plus grande règle d'amour pour vous-même.

» Cependant, les êtres chers qui demeurent sur le plan terrestre, s'ils veulent vraiment aider un être qui s'est suicidé, doivent entretenir des pensées d'amour et non de colère ou de jugement, car de tels sentiments n'aideront en rien l'être cher à se détacher de ce monde. Vous devez redoubler d'amour pour aider le défunt à retrouver le chemin de sa propre lumière.

» Pour les âmes qui ont choisi la voie du suicide, les juges les plus sévères qu'elles rencontreront seront alors elles-mêmes. Seul, vous porterez votre fardeau. »

Et le vieil homme continua de me confirmer ce que j'avais lu ou appris dans un autre état de conscience : « Pour tous les autres mortels, ce qui est spécial dans ce train du ciel, même s'il traverse bien des frontières, c'est qu'il n'y aura aucune demande de passeport.

» Peu importe que lors de votre parcours terrestre vous ayez été bouddhiste, chrétien, musulman, adepte du dieu Soleil ou complètement athée. Vous survivrez après la mort dans cette autre dimension. Il n'y a aucun exclu. Cela est une fausse croyance du plan terrestre qui sème parfois de grandes divisions en vous-même et aussi des guerres inutiles sur votre planète.

» C'est votre état d'esprit avant de quitter cette terre, vos connaissances, vos expériences et vos actions qui seront votre passeport pour le grand voyage.

» Naturellement, vous vous retrouverez à bord, dans des wagons, avec des personnes qui partageront des vécus et des croyances semblables, mais vous arriverez tous à la même grande destination, celle de l'amour.

– Parlez-moi de l'enfer. Y en a-t-il un ? demandai-je au vieil homme.

– Aux cieux, la notion du paradis n'existe pas ni celle de l'enfer. Il y a seulement différentes fréquences ou des plans plus ou moins denses.

» Il y a des destinations et des paysages plus agréables que d'autres, des escales plus ou moins longues, et cela dépend de votre état d'esprit, comme sur la terre, par ailleurs. À chaque instant, vous avez le pouvoir de vous créer votre propre paradis ou votre propre enfer.

» En une fraction de seconde, vous avez toujours le pouvoir de changer votre état de conscience.

» À chacun des arrêts se retrouve un décor aux vibrations en harmonie avec votre esprit.

– Dites-moi, y a-t-il vraiment un wagon des bilans et des pardons ? lui demandai-je.

– Oui. Viendra la montée dans le wagon des bilans pour y faire votre propre tableau de vie. Toute votre vie défilera alors. Tout est gardé en mémoire, vos bonnes actions comme celles que vous avez jugées moins bonnes.

» Et il y aura par la suite le wagon des pardons. Plus vous aurez accordé de pardons de votre vivant dans le monde terrestre, plus facile sera cette étape.

» Et, selon votre propre bilan et les apprentissages non terminés, viendra le temps dans un autre wagon de choisir votre prochaine incarnation.

» Je vous le rappelle, il n'y a pas d'arrêt à la station de l'enfer, au sens où la religion le présente. Ce sont des arrêts plus ou moins longs avec une densité plus légère ou plus sombre. Cela n'invite pas à créer le mal pour autant, car le mal, lui, vous survivra.

» Si votre vie terrestre a vogué dans des sphères plus lourdes, là, vous faites votre propre jugement dernier.

» Mais il y a toujours à bord du train des âmes de guidance, des chefs de train, qui sont là pour vous aider dans votre évolution d'âme.

– Et pour les impatients comme moi qui souhaitent accélérer leur voyage, que faut-il faire sur la terre ?

– Pour ceux qui souhaitent se rendre à la destination ultime plus rapidement, il y aura, à l'intérieur de chaque wagon, des portes, comme sur terre, qui s'ouvriront toujours plus vers des pièces plus lumineuses pour ceux qui ont une intention pure d'évoluer. Il s'agit de rester aligné sur son intention.

» Des descentes ou des réincarnations seront souvent le ticket pour accélérer ce voyage. Souvenez-vous que c'est un grand privilège de venir sur la terre.

» De là, vous choisirez vous-même votre rôle, vos parents et votre décor de même que les épreuves à traverser.

» Le gain positif de ces épreuves est toujours là pour vous permettre de découvrir des richesses parfois insoupçonnées en vous, de vous aimer encore davantage.

» Apprenez à lâcher prise, à faire confiance, car c'est ce que votre âme a choisi pour grandir.

» Acceptez vos épreuves, remerciez-les, même si parfois elles vous paraissent difficiles, voire insurmontables. Elles sont parfois la clé de votre délivrance et, une fois que ces difficultés sont acceptées, des cadeaux merveilleux vous attendent parfois.

» Ne traînez pas le boulet inutile de la culpabilité et de vos croyances limitatives. Elles vous empêcheront d'avancer.

» Je le redis, votre état au moment de quitter cette terre et d'embarquer dans le grand train du ciel est crucial.

» Avoir réglé vos relations et faire la paix avec vous-même et les autres vous garantit un voyage plus paisible.

» De même que sur terre, choisir un état de vigilance et de conscience, vos pensées, vos paroles et vos actes vous assurera un voyage plus éclairé.

» N'oubliez pas que vous vous retrouverez dans le même état d'esprit, ou cycle infernal, une fois monté dans le train. Si vous partez dans l'amertume, la résistance et la colère, votre esprit se retrouvera plein de colère et d'amertume de l'autre côté.

» Certains n'auront même pas conscience qu'ils ont pris le grand train. Ils ne réaliseront pas qu'ils sont morts.

» Aussi, il est inutile de penser à emporter toutes ses densités émotionnelles et encore moins son mobilier et son argent. Vous n'arriverez juste pas à bien partir. Jouissez du monde terrestre, mais apprenez par la suite à vous détacher de toutes vos attaches terrestres. Sinon, la vie, tôt ou tard, vous y forcera.

» Rien dans ce monde ne vous appartient ! Ni votre conjoint, ni vos enfants, ni vos parents, ni vos amis, ni vos biens.

» Seul l'amour de vous-même et des êtres demeure.

» Dans la dimension la plus profonde de votre être, votre âme, après chaque perte, chaque deuil, peut recréer des choses encore plus fantastiques. Vos pouvoirs sont plus grands que vous ne le croyez.

» Sur la terre comme au ciel, parfois, il y aura la traversée du long tunnel noir, des arrêts qui sembleront interminables, mais gardez la foi, car le voyage en vaut vraiment la peine, ou plutôt la joie !

– De l'autre côté du voile, au ciel, on dit que l'on revoit des gens parfois à un autre âge auquel ils sont morts. Est-ce vrai ?

– Oui, les gens et les enfants malades se recréeront rapidement une image d'eux-mêmes plus en santé. Il y a des wagons de cure de rajeunissement.

» Vous allez pouvoir vous revoir, vous, comme vos proches, à l'âge ou vous étiez au mieux. Toute forme de handicap disparaîtra.

– Qu'en est-il des gens qui ont une sorte de cancer de l'âme ou des personnes dont l'esprit était malade ?

– Les gens qui avaient des maladies dites mentales seront entourés de beaucoup plus d'amour. Une équipe spéciale en prendra soin.

» Même si ces conditions avaient été acceptées au moment de leur contrat d'incarnation afin d'apprendre des leçons ou de faire apprendre aux autres des leçons d'amour, il y aura une guérison qui s'effectuera de manière spéciale pour ces âmes.

» Dieu, dans son infinie bonté, n'abandonne jamais ses enfants, quelles que soient leurs différences, puisque c'est lui qui les a créés ainsi.

» Mais l'énergie d'amour sera celle qui agira davantage chez ces êtres qui ont souffert et qui se sont créé un voile d'illusions les éloignant temporairement de leur source lumineuse. »

Et dans mon rêve, je devins inquiète pour Jacob et j'osai demander au vieil homme : « Jacob, où est-il ? Dans quel wagon se retrouve-t-il maintenant ? »

Et le vieux sage ne me donna pas de réponse. Il poursuivit pour renforcer une grande règle : « Ce sont vos actions et non vos croyances qui vous permettront d'accéder à une autre sphère après votre vie terrestre. Il ne suffit pas d'accumuler des connaissances sur le plan de l'intellect, mais d'avoir intégré le plus d'apprentissages spirituels possibles. Et cela se mesure à vos gestes et paroles dans votre quotidien.

» Semez de bonnes actions dans votre vie, beaucoup plus grandes que vous-même. Soyez altruiste. Collaborez chaque jour, au mieux de vos capacités, à un monde meilleur. Apprenez à regarder la vie autrement et le monde changera.

» Vous verrez alors le legs de votre passage sur terre.

» Je vous le répète, vos pensées, vos paroles et vos actes reviendront et vous aurez alors conscience de ce que cela a créé chez les autres et en vous.

» Et dans le wagon des jugements, vous serez le seul juge de ce que sera la suite pour vous.

» Est-ce que tout s'est déroulé selon le plan que vous vous étiez fixé dans votre contrat de vie ?

» Mais soyez sans crainte, chacun, sans exception, arrivera tôt ou tard à ce pays d'énergie lumineuse aux vibrations élevées. Ce sera ce que vous croyiez être le paradis ou le nirvana. Mais comme il n'y a pas de destination pour l'enfer, il n'y en a pas une pour le paradis. Il y a ce que vous créez, soit un état d'amour ou pas.

» Et cet état de conscience est déjà là, en vous, mais vous le cherchez souvent à l'extérieur, ce qui vous entraîne parfois dans de grandes déceptions et souffrances. Cela vous divise de votre propre paix et de votre place de lumière, de votre lieu d'amour infini présent à chaque instant. Cherchez d'abord toujours en vous-même cet état d'amour et faites-le rayonner.

» Comme vous vivez parfois dans l'illusion de cette recherche extérieure, alors vous vous réincarnerez toujours dans le but qu'un beau jour ou dans un éclair, juste en traversant le voile de l'illusion, vous aurez mis fin à votre cycle d'incarnation, car vous trouverez ce que vous avez toute votre vie cherché, mais qui était là, en vous.

» Votre ticket alors pour entrer en votre réelle demeure de façon permanente ne sera plus utile. Là, il n'y aura plus de train, mais juste un état rempli de lumière divine qui est déjà en vous et autour de vous, mais que vous aviez oublié. »

Et je me vis demander à ce vieil homme : « Vais-je revoir Jacob ?

– Lorsque vous arriverez l'autre côté du voile et que vous aurez retiré vos habits trop lourds, que votre corps de chair deviendra éther, alors, oui, en temps venu, vous retrouverez les êtres que vous avez aimés et même les petits animaux de compagnie que vos avez chéris lors de votre passage sur terre.

» Comme une parcelle de leur essence demeure dans ces plans, même si certains se sont déjà réincarnés, vous reconnaîtrez ces âmes dans la forme qu'elles se sont donnée.

– Est-ce vrai que les âmes reviennent près de nous ou est-ce seulement de la fabulation ?

– Dans l'au-delà, le mode de communication est la télépathie. De même, il y a des êtres décédés qui peuvent communiquer avec des gens du plan terrestre.

» Lorsque vous mourrez à votre corps physique, il y aura une partie de votre conscience qui pourra revenir visiter les plans terrestres et ceux que vous avez laissés derrière vous. Soit par le rêve ou par d'autres moyens, comme inspirée de grandes créations, de grandes œuvres.

» Observez parfois de jeunes êtres qui possèdent de grands talents, comme des pianistes, des chanteurs. Ils peuvent avoir rapporté des bagages d'anciennes vies ou être en connexion directe avec des âmes défuntes et être inspirés de là-haut.

» Certaines âmes se manifesteront par leur présence réconfortante sous forme d'énergie subtile autour de vous. Certaines seront même présentes à leurs funérailles et ne réaliseront pas toujours tout ce qui leur arrive, car, étrangement, elles seront conscientes de tout ce qui se passe, mais verront leur corps inanimé.

» Des personnes plus sensibles sur le plan terrestre ressentiront ou entendront parfois leurs messages ou verront même l'âme défunte.

» N'ayez crainte, vous n'êtes pas fou. Vous devez juste retourner cette âme que vous aimez à sa lumière afin qu'elle se détache de tous les êtres qu'elle aime et de la densité du monde matériel.

» D'autres âmes ne se rendront même pas compte qu'elles ont transité par un autre plan, étant trop attachées aux biens et aux êtres de la terre, ce qui ralentira alors leur ascension.

» Faire le grand passage sera plus facile pour certains. La capacité de lâcher prise dans la vie terrestre est parfois un indicateur.

» Plus vous acquerrez de connaissances sur la mort, plus vous démystifierez celle-ci. Alors, vous comprendrez que la mort s'est comme simplement endormie pour se réveiller à un autre plan de conscience.

» Plus vous contrôlerez vos pensées et aurez de la facilité à être positif, à rester centré, plus le voyage sera facile. Au contraire, la peur, elle, vous ralentira. Elle est inutile.

» Là-haut (pour illustrer cet autre plan) comme en bas, la pensée crée.

» Alors, vous serez créateur du lieu que vous habiterez, vous serez l'artiste de votre nouvelle toile.

» Vous baignerez dans un espace de lumière sans le tracas du monde matériel.

» Mais certains seront pris entre deux mondes. Ils auront peur de suivre ou de reconnaître leur propre lumière.

» **Il est donc important de reconnaître sur terre que vous êtes avant tout un être divin.**

– Combien de temps s'écoule-t-il entre deux incarnations ?

– D'autres, n'acceptant pas leurs nouvelles conditions sans corps, pourront ainsi être prisonniers dans cet état limité de conscience, dans ce tunnel noir et ce wagon de brouillard, très longtemps, pour l'illustrer ainsi, bien que la notion de temps n'existe pas dans cet autre plan.

– Que se passe-t-il ensuite ?

– Vous pourrez aussi devenir un guide de train, celui qui accueille, indiquer le bon wagon à prendre, expliquer comment l'itinéraire se poursuivra pour ceux qui viennent de mourir. Vous serez un peu comme un passeur.

» Comme sur terre, vous pourrez parfaire vos apprentissages spirituels.

» Il arrivera, cependant, que certaines âmes plus avancées sur le chemin deviennent des guides pour ceux qu'elles ont aimés, mais cela sera ressenti subtilement par l'âme terrestre.

– Que dois-je me rappeler encore ?

– Je le redis, servir l'amour inconditionnel sur le plan terrestre est le meilleur ticket pour bien prendre ce train et profiter d'un voyage paisible.

» L'égoïsme vous ralentira à l'embarquement.

» Ceux qui ont préféré servir des plans plus denses, ceux que vous appelez des criminels, des meurtriers ou encore des gens qui ont développé de grandes dépendances à toutes formes de drogues ou à l'alcool se retrouveront ralentis avec des vibrations semblables dans des wagons spéciaux.

» Mais, tôt ou tard, comme ils sont eux aussi des enfants de Dieu ou des enfants de cette grande énergie d'amour, ils auront le libre arbitre et pourront accéder à la porte suivante pour aller vers un wagon plus lumineux. Il n'y a pas de retour en arrière avec le grand train du ciel. Tous, un jour, évolueront plus ou moins rapidement.

» Il y a la vitesse du train à vapeur ou le train à grande vitesse.

» C'est vous qui en fixez la vitesse. Vous avez toujours votre libre arbitre.

» Mais plus vous résisterez à votre lumière, plus la vie vous enverra des épreuves afin que vous compreniez que vous vous infligez des souffrances inutiles.

» Les actes et les intentions, purs ou non, vous feront monter en première ou en dernière classe.

» Toute forme de non-amour, de pensée négative, de dévalorisation, de mensonges envers autrui ou vous-même ne dessert pas la lumière et devient une mauvaise énergie, tant pour vous que pour les autres.

» Au contraire, une énergie du cœur partagée devient guérisseuse et élève l'Univers entier.

» Le passage sur la terre vous permet d'utiliser votre libre arbitre par vos pensées.

– Oui, à chaque instant, nous avons le choix de semer de l'amour ou de la haine envers nous et envers les autres.

– Ouvrez-vous à cette puissante force d'amour qu'est le pardon. Faites-le. Allégez-vous de tous vos fardeaux lors de votre passage sur terre.

» Au ciel, c'est le wagon du pardon qui est souvent le plus difficile à traverser. Il y aura un pardon aux autres et à soi qui deviendra nécessaire de faire pour s'alléger et poursuivre le grand voyage dans l'au-delà.

» À un certain niveau, il n'y a pas de pardon, car tout avait un but de servir, mais il s'agit de ne plus recréer les mêmes actions, car elles ont été faites dans un plan de conscience plus limité.

» Le pardon est un chemin incroyable de guérison et il est très libérateur pour l'âme.

» Et lors de l'embarquement dans le wagon des renaissances, il se peut que l'âme choisisse de revenir faire face aux personnes envers lesquelles du tort a été causé afin de recevoir le pardon, si cela n'a pas pu être fait sur le plan terrestre.

» Il y a une grande loi spirituelle qui ne doit jamais être oubliée et c'est celle de cause à effet. Toute forme de cruauté mentale ou physique vous reviendra.

– Doit-on dialoguer avec les êtres qui sont morts ?

– De manière générale, il est préférable de laisser les morts tranquilles et de se souvenir que seules les pensées d'amour peuvent les aider à atteindre des sphères plus élevées.

» Nos pensées de remords ou de culpabilité ou encore la tentative pour retenir ces êtres ne les aident en rien. Cela les maintient dans une couche plus dense et retarde leur évolution.

» Vouloir parler et entrer en communication, par transe ou autrement, avec les âmes défuntes lorsqu'elles se trouvent encore dans ce brouillard du corps astral, cette période suivant leur décès, peut parfois nuire à leur évolution, puisque vous les rattachez encore au monde terrestre. Vous les empêchez de se détacher de vous et de se libérer.

» Cela ouvre parfois la porte pour vous à toutes sortes d'entités négatives et, à ce niveau, cela peut plonger le défunt autant que vous dans de la grande confusion.

» Si l'être décédé vous manque vraiment, alors, le plus possible, entretenez toujours des pensées d'amour lorsque vous vous adressez à lui. Votre intention doit toujours être pure.

» Si l'âme défunte a besoin de vous revoir, elle reviendra vous faire signe, mais à sa manière et au bon moment.

– Y a-t-il autre chose que je devrais savoir ?

– Vous devez apprendre à vivre sur le plan terrestre en toute présence et conscience, comprendre que vous êtes le grand créateur de votre vie et qu'en quelque sorte, vous mourez à chaque instant.

» Vivez intensément, n'ayez pas peur de ce que vous devrez parfois perdre, car le gain qui viendra ensuite sera encore plus grand. Acceptez la vie telle qu'elle est. Jouissez de votre monde. Rendez-le meilleur.

» Et lorsque le grand départ se pointe, que votre heure est venue, ou celle d'un être que vous aimez, acceptez de partir ou de laisser l'autre partir.

» Lâcher prise est une importante preuve d'abandon et d'amour envers le grand plan qui, à chaque instant, est toujours parfait !

» Ne doutez plus ! »

Le vieil homme me regarda profondément en silence. Je me sentis transpercée par son regard d'amour et, en un éclair, sa forme se dissipa.

Je sortis de mon rêve au matin dans une énergie que, mis à part mes expériences à Cacouna, j'avais rarement ressentie dans ma vie. Je me souvenais de tout, comme si j'avais été un instant passagère du train et comme si j'avais voyagé à une vitesse vertigineuse. Tout était tellement clair.

Message reçu, Jacob. Tu l'as fait passer par ce vieil homme ! Déçue de ne pas t'avoir revu.

Et du coup, je me ravisai.

OK, je dois vraiment te laisser tranquille maintenant.

À ce moment, une immense énergie s'intensifia sur ma tête et dans mon cœur, les cellules de mon corps semblaient tellement légères. Je suis allée me voir dans le miroir pour me rassurer que j'étais bien réveillée, qu'en fait, je n'étais pas morte. En me voyant la binette, je souris et je me suis mise à chanter et à tournoyer dans la maison. Mon corps entier était légèreté et amour.

J'ouvris mon journal intime et récapitulai mon rêve. Surtout, je me fis un résumé de ce que je devais retenir pour embarquer plus facilement dans le train à grande vitesse du ciel et me rendre à la destination ultime.

Le suicide sur la terre comme au ciel n'est vraiment pas une option. Il faut s'aimer d'abord, puis aimer les autres, entretenir des paroles et des pensées justes envers soi-même et envers les autres, laisser passer toutes formes de jugements négatifs, maintenir toujours la vigilance sur son état d'esprit, apprendre à mieux contrôler ses pensées, son petit « hamster », comme je l'appelle, accumuler le plus d'actions positives, démystifier la mort, acquérir des expériences qui font grandir son âme et pas seulement son ego, aider son prochain, apprendre à se pardonner et à pardonner aux autres.

Le cumul des richesses intérieures est beaucoup plus important que celui de toutes les richesses matérielles et fortunes de la terre.

Il faut aussi s'ouvrir et accueillir les différences, vivre et apprécier intensément l'instant présent sur terre, car c'est un cadeau précieux, apprendre à lâcher prise à chaque instant et croire que tout est toujours parfait, avoir foi que Dieu aime chacun et que l'on n'est pas seul, qu'en tout temps, on peut demander de l'aide. Il y a des anges autant sur terre qu'au ciel. Et pour créer, on peut invoquer les muses du ciel, méditer et prier pour s'unir toujours plus à sa lumière, à sa divinité.

Et de l'autre côté, je retrouverai ceux que j'aime, Jacob, mes grands-parents, mes amis et Kélia, ma golden. Je pourrai me créer mon paradis, continuer d'inspirer et d'aider les autres, retrouver cette unité, parler par télépathie et me brancher à tous.

Je n'avais plus peur de mourir. J'avais le bon ticket. Oui, il existait une autre dimension et Jacob y poursuivait son apprentissage.

Je ne devais surtout pas oublier que vouloir embarquer prématurément dans le train n'était pas une bonne idée. Cela ne ferait que retarder mon arrivée à destination.

Je me fis un schéma de ce que j'appelai le « grand train du ciel ».

Je devenais peut-être folle, mais je m'en foutais. J'étais bien dans cette espèce d'euphorie passagère.

Cela dura environ trois jours.

Mon énergie était contagieuse. Une femme, que je ne connaissais pas, mais que je croisai à l'épicerie, me dit : « Je ne sais pas ce que vous faites pour ça, mais vous êtes tellement rayonnante. Si jamais vous avez un secret... »

Je lui souris et lui dis merci en pensant que c'était relié à la force de l'amour, parce qu'il ne meurt jamais, et aussi à la connaissance...

David et moi avions renoué notre amitié. Il m'avait pardonné de l'avoir quitté, comme quoi « l'amour peut durer toujours », et les vrais liens de cœur se transforment et se transportent au-delà de tout et peut-être même des prochaines vies...

Je m'empressai de l'appeler et de lui communiquer mon rêve. Il se mit alors à rire : « Ah ! sainte Sophia, que tu as une imagination fertile, mais c'est comme ça que l'on t'aime !

- Bon, David, j'aime mieux que tu me classes dans le rang des saintes que dans celui des sorcières, comme mon père. »

Nous avions ri tous les deux. Puis, je remerciai le ciel qu'il soit toujours dans ma vie.

Je ne cherchai alors pas un instant à le persuader de me croire. En paix avec ce que je ressentais, je n'avais besoin de convaincre personne. Je savais, et je rayonnais. Point !

Une phrase résonna en moi. J'avais dû la lire quelque part. Elle venait peut-être de l'un des livres que j'avais vus dans cette grande librairie céleste ou lors de mes recherches de l'au-delà : « L'amour inconditionnel est la plus grande force connue dans l'Univers. C'est ce qui nous relie vraiment à nos bien-aimés sur terre et dans l'au-delà[1]. »

1. Référence : [http://preuvesdelapresvie.fr/chapter29.htm].

Maître rêveur

J'étais presque devenue un *maître rêveur*. Je fais ici référence au livre du même nom. J'en arrivais presque à pouvoir déterminer le déroulement de la fin d'un rêve lorsque celui-ci semblait mal tourner.

L'an 2012 avait bien sonné. Nous nous étions retrouvés entre amis chez notre précieuse Louisa, à Neuville, pour traverser le Nouvel An. C'était une tradition à ne pas rater.

Nous avions parlé, bien entendu, de cette fin du monde, qui serait plus la fin d'un monde de conscience vers un autre. Nous avions terminé ce fameux calendrier maya. Nous allions juste le refermer et en recommencer un nouveau, celui du nouveau temps. Rien ne servait de nourrir toute cette peur et cette frénésie de fin du monde.

Oui, il était évident que la bêtise humaine allait se poursuivre avec les guerres de pouvoir. L'humanité allait encore oublier de respecter la Terre mère. Elle allait cumuler le fruit de son inconscience. Dame nature allait riposter, mais des pacifiques allaient se lever de plus en plus pour apporter plus de respect à cette terre et plus d'amour et de solidarité entre les peuples. Oui, de grandes prédictions allaient s'accomplir, celles de Nostradamus, de Fatima, de Jean XXIII, etc.

Puis, dans le monde spirituel, il y avait encore deux courants, celui qui nous entraîne dans la peur et qui crée des gourous et des adeptes, donnant tout le pouvoir à de fausses croyances, et celui de la religion qui, depuis le début des temps, crée des divisions, des guerres et des massacres inutiles entraînant la mort d'enfants, de femmes et d'hommes, et tout cela au nom d'un Dieu, mais certes pas au nom de celui de l'amour universel.

Oui, les révoltes allaient se poursuivre jusqu'au jour où tout cela cesserait. Et c'est parfois par la destruction et les catastrophes que les humains se reconstruisent.

Moi, je gardais espoir d'un nouveau monde, meilleur, même si certains matins, j'avais terriblement mal au cœur en écoutant les nouvelles et en voyant ce qui se passait dans le monde.

Cela dit, je demeurais toujours responsable à petite échelle, comme tous, par ailleurs, de trouver cette paix et cet amour en moi afin de guérir cette terre atrocement malade. Je devais me nourrir pour continuer à y vivre, me tourner vers le beau de cette terre, car il existait aussi. Il était réel chez les êtres par leurs bonnes actions, il se retrouvait dans la pureté d'un enfant et en chacun de nous, dans chaque fleur, arbre et coucher de soleil.

Nous vivions toujours sur une terre d'abondance, et nous, ici, en Occident, allions devoir régler « notre grande famine spirituelle », comme l'avait dit un jour Mère Teresa. Nous allions devoir nous unir aux gens de l'Orient, nos égaux, et briser le fondement de toutes les religions pour n'en créer qu'une seule, celle de l'amour et du partage. Oui, je voulais toujours demeurer cette grande idéaliste. Sinon, à quoi bon continuer ?

J'étais à faire intérieurement le bilan de mes actions de l'année 2011 et je m'étais dit qu'en 2012, je ferais des actions plus grandes que moi afin de contribuer à apporter la lumière. L'échange avec mes amis était fascinant, et un ami français, Thierry, lui-même auteur de la conscience, nous parla, soutenu par sa belle conjointe, de trois fameuses nuits de noirceur. Cette histoire en séduit plus d'un, surtout qu'elle fut si bien racontée par ce couple de cousins de France : « Privés de tous nos sens et de nos repères durant trois jours, nous allions devoir faire une traversée bien seuls afin de dépasser nos peurs pour passer à un autre état de conscience. Il n'y aurait plus de lumière, que de l'obscurité. »

Je pensai alors à lorsque l'on meurt et que l'on se retrouve dans le brouillard avec toute sa conscience, mais que son corps est demeuré sur un autre plan et que l'on doit rester sans peur.

Ils poursuivirent : « Lorsque nous allions reprendre connaissance sur le plan physique, avec notre corps, nous aurions alors tout le pouvoir de créer et de matérialiser notre Nouveau Monde. »

Wow ! pensai-je, comme dans le wagon de la création de l'au-delà. Quelle perspective intéressante ! Je croyais cependant que j'avais besoin d'entraînement... Me vint alors une solution, d'ici là, de méditer, de méditer et de prier encore pour mieux maîtriser mon esprit et ma pensée afin qu'ils ne s'égarent inutilement dans ce temps d'obscurité.

Et je fis le parallèle avec le moment de noirceur que nous devons parfois traverser dans nos vies, où nous pensons nous retrouver dans un chemin sans issue nous causant souffrance et peur extrêmes. Mais, cela vient toujours à passer, et la lumière revient au bout du tunnel, car l'être humain a une étonnante capacité de résilience. Cependant, d'autres restent prisonniers de leur état douloureux, incapables de traverser le voile de l'illusion que l'ego s'inflige. Ils ne voient pas qu'au bout du tunnel, il y a cette lumière. La foi et l'amour-propre ont alors manqué.

Et ce soir-là, juste avant minuit, je pensai à Jacob et à son suicide.

Quelques jours de plus, Jacob, et je suis certaine que tu aurais trouvé une autre solution.

Mon amour céleste, si je t'avais dit « je t'aime », que se serait-il passé ?

Et, cette nuit-là, j'inscrivis ce qui suit dans mon journal que j'avais toujours avec moi.

Jacob, le Nouveau Monde, comment y accéder, où es-tu ?

Et je m'endormis comme un bébé dans le lit douillet de la chambre d'amis et, au matin, je me souvenais…

Le voyage de Jacob

En songe, un homme s'approcha de moi. Sa silhouette me semblait familière, mais ce n'était pas le vieil homme de la bibliothèque rencontré plusieurs années plus tôt.

En m'approchant, je te reconnus. Tu étais là, devant moi, toujours aussi magnifique, mais avec quelque chose de différent, de plus lumineux.

J'avais les larmes aux yeux.

Jacob me rassura doucement et il me raconta son long voyage.

Bonjour, belle âme sœur,

Je voulais te revoir pour te dire que je vais bien maintenant. Cependant, j'ai été longtemps dans le brouillard et j'ai longuement souffert en arrivant de l'autre côté d'avoir commis ce grand geste de détresse.

Je sais qu'il m'aurait fallu crier plus fort mon besoin d'aide et briser le silence de ma terrible souffrance. Je n'en pouvais juste plus. Dans le monde matériel, je subissais une telle pression. Je croyais avoir tout perdu, femmes, enfants, prestige, et ma surdité s'aggravait toujours plus. Je n'entendais même plus ma voix intérieure.

Toute ma vie, j'ai eu à porter le masque du superhomme. Mais là, je m'étais créé un enfer dans mon esprit qui s'est reflété dans ma réalité. Je ne voyais pas une autre solution que le suicide pour traverser le gouffre dans lequel je m'étais enfoncé. J'essayais, aux yeux de mon entourage, de maintenir ma tête hors de l'eau, mais chaque jour, je me noyais de plus en plus.

Mon esprit était devenu en total déséquilibre. Un jour, je touchais au Très-Haut. J'étais alors cet homme invincible qui, au nom de Dieu, pouvait tout créer, tout réussir, et le lendemain, je perdais espoir lorsque je m'éveillais à la réalité et que je me butais à une porte close. Parfois, je partais dans un monde qui était le mien en me retirant et en oubliant tous ceux qui étaient autour de moi. J'étais dans mon monde et je me nourrissais d'illusions pour ne pas toucher à ma détresse.

Oui, Sophia, mon esprit était en déséquilibre. Ce n'était pas seulement relié à ma surdité et à mon contexte de vie, car bien d'autres personnes ont survécu à de telles épreuves et, parfois, à bien plus d'atrocités.

Si j'avais demandé de l'aide à des médecins, à des thérapeutes et même à des amis, j'aurais pu passer au travers et trouver des solutions que mon esprit trop lourd, lui, ne pouvait voir. Je le sais, maintenant. Je n'ai pas eu le courage d'enlever mon masque.

Malgré tout ce que la vie m'avait donné et ce que j'avais encore, mais que je ne voyais plus, j'étais épuisé. Je devais me reconstruire. Je n'avais plus assez d'amour en moi pour continuer de croire à mon utilité sur terre. Mon esprit se nourrissait de grandes distorsions. Une harmonisation de tous mes corps aurait été nécessaire.

Lors de notre dernier souper, tu te souviens, je t'avais dressé un constat plus négatif que positif de ma vie. Je n'étais plus capable de me montrer avec mon habit de superman, je n'arrivais pas à sortir de mon personnage. J'ai souffert en silence et j'ai traversé tellement de sombres passages que mon esprit en était venu à enregistrer davantage la noirceur et à oublier qu'il y avait encore tant de beautés autour.

Sophia, ce que je vais te dévoiler ici est fort important. Les raisons évoquées ci-dessus sont toutes vraies, elles étaient réelles dans cette incarnation, mais aussi, malheureusement, dans d'autres vies. Je n'en suis pas à mon premier suicide. Et je sais que, tôt ou tard, il me faudra revenir et recommencer avec les mêmes défis, car je n'ai pas réussi à traverser le cycle infernal des incarnations.

J'avais vu en la vie une ennemie plutôt qu'une amie ou une alliée, qui était là pour m'aider à grandir.

Mon âme, dans cette vie-ci, ne voulait pas revenir. Oui, il y avait un refus d'incarnation. Mon âme connaissait les épreuves que je devrais affronter intérieurement, même si on allait me donner tous les atouts et talents pour réussir.

Cette fois, j'avais besoin d'humilité pour passer au travers, l'humilité de crier « au secours, je suis une âme en détresse ! » Mais, je n'ai pas su le faire !

C'est mon schéma de partir avant d'avoir accompli ma mission, car je ne suis pas arrivé à m'ajuster aux denses vibrations terrestres en raison de ma grande sensibilité. J'oubliais de me rebrancher à ma force et à ma lumière intérieure. J'avais tellement cette grande nostalgie du ciel.

Notre conscience sait et garde tout lorsqu'elle fait le passage, mais au moment de l'incarnation, elle oublie consciemment. Cela dit, dans notre inconscient, tout est là, d'où souvent la grande dualité entre notre ombre et notre lumière. Et la solution de rentrer chez moi a toujours passé par ce geste fatal, qui est en fait une grande illusion, que l'on me rappelle une fois traversé le voile. J'oublie, à chaque incarnation, que ce n'est pas au ciel que je vais trouver ma paix et l'amour, mais bien en étant un être bien incarné sur le plan terrestre. Chacun peut les trouver en lui. Toi aussi, Sophia.

C'est ce que j'avais tout de suite reconnu en toi. J'ai reconnu celle qui combattait souvent ses propres démons pour rester en vie et qui avait tellement peur de l'amour. Mais, tu as une telle force, une telle grandeur. Tu as une telle lumière, toi aussi, mais tu l'as oubliée, car plusieurs personnes autour de toi ont cherché à l'éteindre. Toi aussi, tu as choisi de naître dans un milieu hostile à ta venue dans cette incarnation et d'arriver avec ton extrême sensibilité. C'est le défi de ton âme, Sophia. Ne sois pas victime. Tu as tout en toi ! Ta maison n'est pas au ciel, mais en toi !

Quitter le plan terrestre pour trouver la paix et l'amour et régler ses problèmes, c'est la plus grande illusion.

Je t'aime, Sophia. Oui, je suis souvent là, près de toi, et je suis triste parfois de te voir ainsi résister à la vie. Tu viens régler beaucoup de choses, tu vis de grandes épreuves, mais bien que tu l'aies oublié, c'est toi qui as choisi tout ça. Oui, tous les deuils que tu as vécus, les abandons et ceux qui viendront encore, c'est le chemin que tu as choisi pour apprendre à t'aimer.

Si tu savais le privilège que tu as encore, toi.

Et j'ai confiance que tu réussiras.

J'ai touché à un sentiment d'amour tellement grand avec toi, et ce n'était pas la première fois, la première vie. Je nous voyais former une équipe forte pour nous aider dans nos missions. Nous avions les mêmes blessures. Nous livrions la même bataille. Mais moi, j'ai laissé tomber les armes. Je suis mort à mon propre combat.

J'ai vécu à maintes reprises du rejet et de l'abandon, Sophia, et j'avais à maintes reprises touché à l'amour de

Dieu, et là, j'ai voulu retourner à lui croyant qu'il serait le seul à m'aimer.

J'ai aussi voulu aller retrouver mes guides là-haut. Je me suis dit que je serais plus utile auprès d'eux. Je ne savais plus comment sortir toute cette dualité et cette souffrance de mon esprit. Je croyais avoir enfin trouvé LA solution.

J'avais, oui, préparé mon départ et j'avais mis en place les choses pour que le magazine puisse vivre, même si je n'étais plus là.

Je croyais qu'en m'en allant, tout serait réglé et qu'aussitôt que j'aurais traversé de l'autre côté du voile, je serais accueilli par mes guides et que cela effacerait enfin toutes mes souffrances. J'ai vite réalisé tout le mal que mon geste avait créé. Malgré mes diverses formations, ce plan n'avait pas été génial.

J'aurais tellement voulu tous vos consoler, vous tous que j'aimais et que je n'avais pas vus ou voulu entendre, mais qui m'aimaient tant.

Une fois de plus, le rêve me sembla si réel. Jacob poursuivit.

Je suis arrivé à la station où tout était brouillard.

Des guides sont venus prendre soin de moi et m'apporter de la lumière pour que je puisse sortir de mon illusion.

Je suis resté dans un long couloir noir et, non, ce n'est pas la lumière que j'attendais que j'ai vue. Pas à ce moment.

Je ne sais combien de temps je suis resté dans la noirceur, dans ce que j'ai baptisé l'« hôpital des âmes perdues », pour mieux comprendre.

Plus tard, j'ai dû embarquer dans une sorte de wagon. Là, ma vie défilait, tout le tort que j'avais causé et les fautes commises, mais aussi le bien que j'avais fait durant ma vie terrestre. J'ai réalisé combien parfois j'avais été dans mes distorsions et que je n'avais vu que le côté négatif, mais qu'au fond, j'avais été un être aimé par mon père, ma belle-mère, ma femme, mes enfants, mes amis, ma sœur, toi, Sophia, ces autres femmes aussi, mes collègues de travail et même ma mère qui n'en a pas toujours eu conscience, car son cœur était voilé par la colère et le non-pardon. Dans la dimension où je suis, je peux voir la lumière qui existe au fond des cœurs les plus meurtris. Oui, ma mère m'avait assez aimé pour me prêter son corps durant neuf mois afin que je vienne au monde.

Ma mère devait dans cette vie être mon plus grand maître pour m'apprendre l'amour. C'est souvent à travers le rejet que l'on doit tracer le plus grand chemin de l'amour de soi.

C'est aussi dans ce lieu que j'ai compris que j'avais été aimé par Dieu qui m'avait donné, par amour, afin d'accélérer mon évolution, le privilège de m'incarner sur la terre tout en me donnant mon libre arbitre.

J'ai été par la suite guidé dans le wagon des jugements. Cette étape a été, je l'avoue, plus que souffrante. J'ai été le seul à me juger, à me condamner. Ici, nous nous jugeons nous-mêmes. Personne d'autre ne le fait. De là-haut, je voyais la peine causée par mon geste, et cela a été pour moi tellement difficile.

Je savais que la prochaine escale serait le wagon du pardon et j'avais tellement peur de ne pas y arriver.

J'aurais tellement voulu crier mon pardon à tous ceux à qui j'avais fait du mal en me suicidant, leur demander pardon, mais une couche épaisse me séparait de ceux que j'aime, c'était celle du pardon à moi-même.

Je suis demeuré je ne sais trop combien de temps prisonnier, tout comme en bas, de ce non-amour.

Il est tellement important que mon geste me soit aussi pardonné par ma famille, mes enfants, mes amis et toi.

C'est la meilleure aide que vous puissiez donner à un suicidé. Je sais que certains ont eu de la difficulté à me pardonner et cela a retardé aussi ma libération.

J'étais là, dans mon rêve, à l'écouter, mais que j'aurais voulu le serrer dans mes bras !

J'ai, par la suite, fait une autre escale. Mes guides et moi avons décidé que, puisque mon âme cherchait vraiment la lumière et souhaitait la servir, une parcelle de moi demeurerait dans un plan, là-haut, afin que je devienne une sorte de thérapeute et de guide dans le wagon des âmes qui se sont suicidées.

Je devais aider ces âmes perdues afin de leur permettre de retrouver l'amour d'elles-mêmes avant de pouvoir continuer le grand voyage.

Parfois, j'essaie même d'intervenir sur la terre auprès de gens qui pensent au suicide en tentant de les guider vers une autre solution. Je veille sur eux un certain temps. Malheureusement, je ne réussis pas toujours à les sauver et cela me ramène à toute la souffrance que cause un tel geste.

Si seulement je pouvais revenir en arrière…

Je versai des larmes. Jacob continua :

Comme nous sommes des êtres multidimensionnels, une parcelle de mon essence, celle de l'architecte et du créateur, inspire parfois aussi des gens sur les plans terrestres.

De plus, je dois parfaire mes connaissances et poursuivre mes apprentissages afin de pouvoir ascensionner, moi aussi, vers cette dimension que vous vous préparez tous à traverser.

Mais, comme j'ai, oui, loupé le grand diplôme de la vie, je dois redoubler d'efforts pour élever mes vibrations. Je devais servir à préparer le nouveau paradigme sur terre et l'on m'avait donné tous les talents pour le faire, mais je n'ai su m'aimer assez et me servir de cet amour jusqu'au bout du plan initial. J'ai laissé les forces de l'ombre en moi me dicter le faux chemin.

Et je lui demandai, cette fois, sereinement : « Que veux-tu dire, Jacob ? »

Plusieurs, comme moi, comme toi, chère âme sœur, ont décidé d'aller œuvrer vers des dimensions de conscience plus lumineuses dès le point de départ, c'est-à-dire lors du choix de leur plan d'incarnation.

Mais ces âmes choisissent souvent le défi qu'elles devront d'abord traverser afin de se libérer de toute la lourdeur des vies terrestres accumulées, d'éliminer du karma, à la demande de l'âme. Les épreuves sembleront parfois insurmontables.

Aux grandes âmes les grands défis, et le plus difficile sera pour certaines d'entre elles de faire une escale sur les plans plus denses de la planète Terre.

Certaines âmes auront un souvenir des plans plus élevés, de leur union avec le Grand Tout. Elles auront de la facilité à se relier au divin, au monde des anges et des archanges et elles vivront de grands moments d'extase et d'union. Par contre, accepter la vie sur terre avec tout ce qu'elle comporte dans sa lourdeur de bas astral sera leur pire enfer, une dualité, parfois consciente ou inconsciente.

D'autres arriveront avec une maladie de l'âme, qui est simplement parfois une grande nostalgie du ciel et une hypersensibilité, avec une grande difficulté à s'adapter à des plans plus denses ou à traverser les épreuves.

Mais, Sophia, Dieu nous envoie tellement équipés pour faire face à tout, peu importe le défi. Sauf que nous avons oublié qu'il est toujours là pour nous aider et que nous avons tout en nous, car nous sommes son essence. Nous sommes tous divins.

Ce sont en quelque sorte de grandes âmes qui choisissent des chemins plus sinueux pour retourner rapidement à leur source. Elles ont choisi le train à grande vitesse au lieu du train à vapeur, mais ce choix va parfois beaucoup trop vite pour certaines.

D'autres âmes réussiront à traverser les grandes épreuves qui seront parfois très difficiles. Elles pourront s'ajuster dans les vibrations plus denses et malades de la planète ou dans celles du combat de l'esprit voilé par l'illusion.

Cette victoire et ce combat seront cependant récompensés par un long repos, si elles réussissent.

Mais, les épreuves à traverser individuellement serviront à nous libérer du poids des émotions et de toutes les attaches terrestres, un jour ou l'autre.

Que nous embarquions dans le train à vapeur ou dans le train à grande vitesse, nous arriverons tous, malgré ce qui se passe sur cette planète, un jour, à la destination ultime.

Nous nous réincarnons tous sur le plan terrestre pour apprendre à nous aimer, à reconnaître notre grandeur et à nous élever.

Parfois, tu le sais, nous aurons à faire preuve de force et de grand lâcher-prise et à rester centrés sur notre force d'amour et de lumière, et ce, tant dans les épreuves parfois incompréhensibles que dans les grandes catastrophes planétaires qui seront toujours inévitables.

Ceux qui ont choisi de servir l'amour et la lumière et de faire ce grand passage seront toujours bien guidés de là-haut. Ils viendront donner de l'espoir. Un cœur pur saura les reconnaître, les voir, les entendre ou les ressentir.

Et c'est souvent dans le silence que cette haute énergie est accessible.

Des êtres d'amour de là-haut ou des âmes incarnées soutiennent ceux qui traversent la misère et le deuil, car ils ont un grand besoin d'amour et ils ne doivent surtout pas abandonner.

Les épreuves, si nous les choisissons individuellement et collectivement, sont passagères.

Tous, un jour, feront le passage vers ce plan de lumière, de joie et d'amour. Que nous soyons sur la terre ou au ciel, nous vivrons tous un jour dans des énergies très élevées.

J'en ai eu un aperçu, Sophia.

Après avoir sublimé notre nature plus égoïste et servi l'amour, alors le ticket d'embarquement nous amènera sans escale vers le royaume de Dieu.

Viendra un jour où les vieilles croyances ne seront plus utiles. Tout sera intégré. Il n'y aura plus besoin de chercher. La division parfois entraînée par les religions ne sera plus.

Sophia, nous sommes les artisans de chaque événement de notre vie. Ce qui se vit à l'extérieur n'est là que pour nous renvoyer à l'intérieur de nous afin de joindre notre être véritable.

C'est notre regard sur nous-mêmes et le monde qui changera le monde. Nul besoin de nous juger, car cela n'est pas de l'amour. Cet amour, on ne peut le trouver ailleurs qu'en soi-même !

Viendra un jour où la recherche extérieure de l'âme sœur ne sera plus, car ce grand amour tant recherché dans l'autre, nous pouvons le retrouver en nous-mêmes.

Nous devons apprendre à devenir notre propre âme sœur et à aimer celle-ci inconditionnellement.

Nous sommes tous appelés un jour ou l'autre à ne faire qu'UN avec tout notre être, à élever notre conscience, à entrer en contact avec notre propre nature divine.

Sa voix semblait être la sienne et tantôt, celle d'un maître de sagesse. Il poursuivit.

Sophia, il faut savoir demander. Nous ne sommes jamais seuls. Dieu, les guides, les anges, les archanges sont là. Maintenant, je le sais.

Il faut, lors de notre passage sur terre, désirer fortement nous aimer et servir l'amour.

C'est dans les petits gestes quotidiens que nous apprenons tous à nous ouvrir à l'amour.

Même là où je suis !

Et moi, oui, je n'ai su m'aimer assez. J'ai enfreint la plus grande loi qui soit, celle de l'amour, celle qui est la clé de notre grande libération.

Et, Sophia, je dois te rappeler ceci. Ne retiens plus les « je t'aime » qui sont en ton cœur. Dire souvent « je t'aime » est tellement guérisseur. Ça ouvre le cœur. Aimer peut faire gravir les plus hautes montagnes, édifier les plus grandes cathédrales.

Aime sans retenue, mais aime-toi d'abord plus fort que tout et que quiconque.

Voici, Sophia, mon plus grand conseil pour ton âme, ton chemin à toi, celui qui est là depuis des vies. Ne remets ton pouvoir à aucun homme, ne place jamais l'amour pour un homme devant l'amour que tu portes à Dieu. Sinon, tu souffriras toujours.

Aime ce Dieu qui est en toi au-delà de tout et avant tout ! Si cet amour fait un jour face à l'obstacle, alors il ne s'écroulera pas, il sera toujours là, disponible à émaner pour celui qui voudra le recevoir. Le cœur est fait d'une énergie d'amour tellement forte. Il a besoin d'aimer. Cette énergie a besoin de donner et de servir. L'âme aime aimer, aime la vie. Vivre trop longtemps dans la contraction, la peur et la peine gruge ton corps et ton âme. Aime-toi assez pour offrir ton amour à celui et à ceux qui sauront l'accueillir. Laisse circuler tout ton amour, Sophia, il est tellement grand.

J'ai reçu les « je t'aime » que tu n'avais osé me dire avant de partir et ceux que tu me souffles encore. C'est un baume pour moi de les recevoir. Oui, tous les « je t'aime » que j'ai reçus de tous m'ont tellement aidé. Mais, avant ma mort, je ne savais pas comment recevoir l'amour. Maintenant, je le sais.

Merci !

Sophia, n'oublie pas de te dire aussi chaque jour en te regardant dans le miroir : « Je t'aime, Sophia ! »

Il est important que tu ne gardes aucun reproche, Sophia, quant à ce qui s'est passé. Ni toi ni ceux qui m'aimaient ne devez vous faire des reproches, car j'avais mon libre arbitre. J'ai, oui, choisi la mauvaise option. Mais, c'était mon choix.

Personne n'en est responsable. Surtout pas toi.

Aujourd'hui, je comprends que je n'ai pas fait le bon choix.

Pardonne-moi. Tous, pardonnez-moi.

Je te demande profondément, chère âme sœur, comme à tous ceux que j'ai connus, de me respecter dans mon choix et de m'aimer inconditionnellement.

Je t'aime pour l'éternité, Sophia…

Je fus tirée brusquement de mon rêve par les aboiements matinaux de Rosa et d'Alfred. C'est comme si Jacob était venu me confirmer mon rêve avec le vieux sage et me rassurer pour me dire qu'il était maintenant bien. De nouveau, je ressentis alors un mélange de joie et aussi une certaine nostalgie d'avoir revu Jacob. Mon rêve me troublait.

Les deux beaux bassets anglais de Louisa me rappelaient bien que j'étais dans le monde de la matière, du moins, c'est ce que je pensais, car la question existentielle de mes douze ans me revint soudainement. Qu'est-ce qui est vraiment vrai ? Est-ce la nuit, lorsque l'on s'endort, ou le jour, lorsque l'on se croit éveillé et qu'au fond on ne l'est pas, du moins, dans le sens pur d'être vraiment éveillé ?

Mon rêve me laissait vraiment perplexe. Je voulais tellement unifier toutes ces dualités en moi : le jour et la nuit, le noir et le blanc, le bien et le mal, le ciel et la terre.

Je voulais que Jacob soit là, dans la réalité où j'étais. Je voulais que nous soyons réunis sur la planète de Dieu.

Dieu est, je le sais, en tout et partout, omniprésent, car il est multidimensionnel, mais je crois aussi, comme lorsque j'étais petite, qu'il habite une planète de paix préservée de toute dualité, où tout est fleuri, où enfants et adultes de tous les âges et de toutes les races et où toutes les espèces animales sont réunis et vivent en harmonie. Ce lieu, où l'on ne connaît qu'un seul langage, est celui de l'amour. C'est là où se réunissent Jésus, Bouddha et tous les grands maîtres et archanges.

Là, pas besoin de ne servir qu'un seul maître, car ils sont tous UN, ils sont l'amour véritable. C'est aussi dans ce lieu qu'inconsciemment, le « soi » se ressource et parfois se rappelle…

Cette vision, pour certains, est très sentimentale. Je la conserve quelque part, cachée dans mon cœur de petite fille et d'adulte qui un jour a grandi trop vite.

Au fond de moi, je sais que ma vraie demeure a toujours été celle-là, que notre passage sur terre est temporaire, mais obligatoire.

Je sais que c'est là que se trouve maintenant mon amoureux céleste et qu'un jour, je le retrouverai.

Une immense chaleur me monta au cœur. J'avais les larmes aux yeux.

Le rêve de Jacob m'avait enveloppée d'une énergie d'amour incroyable, et une fois que j'acceptai que le jour pour retrouver Jacob ne serait pas aujourd'hui, je me levai et descendis, joyeuse, sortir les deux toutous qui, eux, de toute évidence, à part leur envie matinale, n'avaient pas d'autres préoccupations.

Et je repensai au vieil homme de mon rêve et à Jacob. « Oui, un jour, pensai-je, je devrais partager cela avec tous. »

Le rêve d'adieu

Plusieurs semaines ont passé sans que Jacob revienne dans mes rêves. J'éprouvais une certaine nostalgie quant à notre dernière rencontre. Était-ce mon esprit qui avait imaginé tout ça, même quand je dormais ? Même après toutes mes recherches et expériences vécues, il m'arrivait encore de douter. De nouveau, je devais me détacher de lui.

Son suicide avait été, mis à part ma naissance, une épreuve ultime et aussi la plus grande source d'apprentissage.

Depuis, la vie n'avait cessé de m'enseigner à lâcher prise, à accepter les changements, à respecter les choix et les décisions de chacun, à ne pas me sentir visée personnellement par telle ou telle chose, car les gens agissent souvent à partir de leurs blessures.

Oui, je devais respecter le choix de Jacob, mais il y avait certains matins où je voulais encore changer tout le scénario de la fin, celui de notre histoire d'amour sur le plan terrestre, tout comme je voulais changer tout l'« incompréhensible » de ce qui se passe sur cette planète.

Mais, je devais prendre la responsabilité de mon propre scénario et toujours être consciente que je n'étais pas seule à souffrir autant. Des milliards d'individus sur cette planète souffraient aussi, prisonniers de leur voile d'illusions et du non-amour.

Et je me répétai, tel un mantra, que rien n'était permanent en ce monde.

Les bouddhistes disent : « La chose la plus permanente en ce monde, c'est l'impermanence. » Ne s'attacher à rien, mais s'unir aux autres en étant joie ou tristesse dans l'instant présent, c'est donc la seule réalité qui existe. Hier et l'instant d'avant sont déjà morts et demain, nous ne savons à quoi nous allons vraiment renaître.

Les abandons et les deuils que nous aurons à faire ou à subir seront là pour nous rappeler que nous devons trouver notre force et notre amour en nous-mêmes pour continuer le voyage.

Parfois, je me réveille dans une profonde tristesse, sans raison. Non, cet état n'est pas simplement relié à mes hormones ou à une mauvaise chimie. C'est plutôt une certitude que d'autres sur cette terre ou là-haut pleurent aussi.

J'ai dû apprendre à aimer ma grande sensibilité tout comme mes doutes qui parfois reviennent me hanter.

Je continue d'écrire dans mon ixième journal. Mes nombreux écrits intimes, lorsque je les relis plusieurs années plus tard, me rappellent que nous avons tous un fil d'Ariane, que tout a un sens et que, oui, j'en suis certaine, nous faisons partie du plan que nous avons choisi de vivre pour grandir et être toujours meilleurs.

Je constate combien mon intention profonde de pouvoir toucher toujours plus à ma lumière et de pouvoir enfin la faire rayonner en permanence a toujours été là.

Je m'endormis, ce soir-là, sans avoir écrit de postulat pour mes rêves. Et là, Jacob est revenu me voir…

Jacob, cette fois, dans ton regard, je pouvais lire que c'était la dernière fois que je te voyais, du moins dans cette forme.

Tu ne m'as rien dit, tu m'as juste regardée, et tu t'es avancé, tu m'as serrée longuement dans tes bras. Je pleurais et j'étais envahie d'une énergie d'amour si puissante. Ensuite, tu m'as relâchée et tu as reculé d'un pas.

Je t'ai regardé et je t'ai dit : « Jacob, je t'aime. »

Ton cœur émanait une lumière très forte.

Je t'ai souri. Et j'ai ajouté : « Au revoir, Jacob. »

Et je me suis réveillée, ou je ne m'étais jamais endormie. Tout m'avait tellement semblé réel, comme si Jacob était là, à mes côtés, dans la pièce. Je me suis assise dans mon lit en regardant autour de moi. La lune éclairait ma fenêtre et les rideaux étaient restés entrouverts.

Oui, il y avait bien quelqu'un dans la pièce. L'énergie de Jacob y était, et je me suis alors effondrée, ébranlée par le réalisme de sa présence, mais je ne voyais évidemment personne. J'ai pleuré de joie, d'ivresse, mais j'ai aussi versé des larmes à cause du vide relié au fait que je ne pourrais plus le serrer réellement dans mes bras.

« Jacob, ai-je déclaré à voix haute, me disant qu'il m'entendait, je voudrais tellement te serrer de nouveau dans mes bras… »

Étrangement, je savais que je ne le reverrais plus dans ces plans, mais que nous resterions à jamais unis par l'amour éternel. C'est l'amour puissant de l'âme.

Je venais de terminer mon deuil. Le voyant ainsi lumineux, je le savais dans l'amour, celui qu'il avait tant cherché.

Et moi, j'avais la confirmation, une fois de plus, que tout continue après la mort.

Changement de plan

Les mois passèrent sans que Jacob revienne me voir. Moi, je continuais d'organiser et de promouvoir des événements pour des auteurs, en rêvant d'un jour pouvoir moi aussi écrire mon histoire.

Au printemps 2012, je suis allée faire un atelier d'écriture inspirée avec une auteure qui connaît un grand succès et qui contribue aussi à un monde plus conscient. La technique était simple : s'asseoir bien à l'aise, la colonne bien droite, se poser une question, prendre trois longues respirations les yeux fermés et, ensuite, sans censure, prendre un crayon et une feuille et écrire ce qui montait.

Un peu incrédule, j'osai donc me poser la question : « Jacob, où es-tu rendu ? » Et ma main s'est mise à écrire.

Bonjour Sophia,

Heureux que tu reviennes me poser la question. Il y a eu un petit changement de plan pour moi. Mes guides et moi sommes réunis et ils m'ont laissé le choix de continuer à aider là-haut ou de renaître à nouveau.

J'ai choisi de me réincarner et d'aider mon prochain, car mon but a toujours été de me rapprocher plus de Dieu et de servir la lumière. Mais, la condition sera que peu importe les épreuves et les obstacles, cette fois-ci, il me faudrait vivre jusqu'à ce que le Seigneur vienne me chercher.

Et je devrai accomplir la même mission que j'aurais dû faire dans cette vie, c'est-à-dire servir à l'éclosion d'un monde meilleur et, avant tout, m'aimer.

Et là, plus d'inspiration, plus de mots. Je sortis de mon état second. J'ai lu ma lettre à une partenaire du groupe. Cela faisait partie de l'exercice. Ensuite, un fou rire monta. « Trop d'imagination, belle Sophia ! » Et j'essuyai mes larmes à force d'avoir trop ri en mettant la main sur mon petit amour que je portais en mon sein depuis déjà six mois.

Épilogue – Douze ans plus tard

Adieu, mon éternel amour…

Par un matin ensoleillé, j'ouvris mon journal et écrivis à Jacob.

L'énergie qui est souvent présente, est-ce toi ?

Jacob, l'être de lumière que tu étais m'a laissé à travers ta mort une bible d'enseignement que je n'ai pas tout à fait terminé de déchiffrer.

« C'est notre lumière, pas notre obscurité qui nous effraie le plus », a dit un jour Nelson Mandela.

Oui, aussi forte et lumineuse soit-elle, nous ne devons pas avoir peur de notre lumière pour servir le monde.

Je voudrais tant revenir douze ans plus tôt pour changer le cours de notre histoire, avec une fin plus heureuse.

Ta mort aura certes propulsé ceux que tu aimais vers leur propre chemin de guérison et toi, Jacob, tu poursuis aussi le tien.

Mais, la leçon essentielle, je l'ai comprise. Le suicide n'est pas la solution, car c'est le plus terrible non-amour de soi et non-reconnaissance de sa lumière divine.

Je me le redis souvent : « Sur la terre comme au ciel, le suicide n'est pas la bonne option. Dieu nous a donné la vie, et c'est un grand privilège. Il faut vraiment attendre que le chef du train passe avant d'embarquer. »

Vivre sur terre est le plus rapide des chemins d'évolution. Même les anges ne peuvent apprendre aussi vite.

Par ta mort, Jacob, j'ai compris le danger qui me guettait si je n'acceptais pas le soutien temporaire d'un thérapeute et de médicaments. Oui, même un médicament allopathique a sa raison d'être. J'ai dû me réconcilier avec cette médecine pour ne pas, moi aussi, sombrer dans le chemin du non-retour.

Tu m'as aidée depuis ton départ à me lancer encore plus profondément dans ma quête spirituelle et à comprendre le sens de la vie, de ma vie. Tu m'as donné la force de pardonner, de me réconcilier avec mon passé douloureux, de développer mes pouvoirs de guérison, de devenir une meilleure personne, plus consciente, d'être plus à l'écoute si quelqu'un souffre autour de moi, d'apprendre à mieux m'aimer et à ne plus avoir peur du grand amour, à accueillir pleinement la vie en moi…

Tu m'auras aussi aidée à mieux démystifier la mort, à vraiment comprendre et à sentir qu'il existe bien une vie après la mort. Tu es, oui, toujours vivant. Aujourd'hui, je n'en ai aucun doute. Tu es toujours là pour ceux qui t'aimaient, mais simplement d'une autre manière.

Tu m'as appris qu'il est important de tous nous préparer à ce nouveau paradigme, de créer un monde meilleur. Nous avons tout en nous pour nous guérir et guérir aussi cette terre malade.

Il est important de reconnaître que, paradoxalement, il y a tant de beautés en ce monde et que tant de gens conscients contribuent par leurs actions, leur détermination, à les rendre encore plus belles, et ce, malgré leur souffrance.

En écrivant ces dernières lignes, la douce énergie était toujours là, au-dessus de mon épaule et de ma tête.

Jacob, tu ne seras pas mort en vain. Ta souffrance était telle que tu n'avais peut-être pas vu les mains tendues autour de toi pour t'aider. Il y avait une solution que tu as finalement comprise et que moi aussi j'ai comprise : il y a toujours de l'aide ici-bas, et même de là-haut, qui est là pour nous épauler peu importe les épreuves à traverser et l'ampleur de notre souffrance et de notre désespoir. Nous ne sommes pas seuls. Il faut savoir demander, prier, recevoir et briser le mur du silence.

Oui, malgré tout, tu auras servi, comme tu le souhaitais, à l'éclosion d'une nouvelle conscience. Tu l'auras fait à ta manière, en étant peut-être en quelque sorte une muse et un guide au ciel pour que le magazine sur lequel tu avais placé tant d'espoir continue à vivre après toutes ces années.

Et ta mort m'aura servi à mieux accueillir et à comprendre mes propres souffrances, à ne pas rester seule avec elles et à devenir une meilleure thérapeute pour les autres.

Ta mort m'a ouverte à une autre conscience, à un autre paradigme beaucoup plus grand que moi, et peut-être m'as-tu, de là où tu es, aussi soufflé les mots de ces pages qui se sont écrites si facilement. Sincèrement, merci, Jacob !

Et la pensée de David me vint à l'esprit. Il était toujours là avec sa profonde amitié et sa grandeur d'âme. Et je poursuivis mon écrit.

Les anges ne sont pas qu'au ciel. Je le sais tellement…

Maintenant, Jacob, où que tu sois, réincarné ou pas, je n'ai plus besoin, lorsque mes rêves s'endorment, que notre amour à nouveau se réveille, car une chose demeure à jamais : l'amour dans l'âme.

Maintenant, je te laisse partir…

Adieu, mon éternel amour.

Dernier jour d'été. Je suis au lac des Deux-Montagnes à me laisser bercer sur un voilier, avec mon petit Jean-Mickaël maintenant né. Je suis allongée à regarder le ciel et les nuages en serrant mon petit amour dans mes bras et je rends grâce au ciel pour cet instant magique.

Depuis que je suis toute petite, j'ai aimé tourner mon regard vers le ciel qui dessine parfois des anges et des oiseaux aux grandes ailes toutes blanches.

Dieu que c'est beau ici-bas et que je suis bien !

Et j'ai soudainement une pensée pour Jacob. Il aimait tellement l'eau. Je souris et lui demande silencieusement : *Jacob, est-ce vrai que sur la terre, c'est comme au ciel et qu'il y a des lacs et des paysages aussi beaux là-haut ?*

FIN

Remerciements

Écrire un premier livre dans lequel je me mets à nu, extirper mes sentiments douloureux vécus à cause du suicide d'un être cher et le faire aussi avec le plus de respect possible afin de ne pas heurter ceux qui ont connu ce dernier, ce n'était pas une mince tâche. Ici, l'audace de me révéler devient motivée principalement par le but de servir. Me lancer dans cette aventure avec un sujet aussi délicat était devenu un appel criant.

Je n'aurais pu aller jusqu'au bout de ce projet sans l'aide de précieuses personnes.

Tout d'abord, je tiens donc à remercier mes premières lectrices, Martine Lavallée, éditrice, Murielle Desgroseillers et Sylvie Ouellet, auteure, qui m'ont aidée à dévoiler davantage le personnage de Sophia et qui m'ont confirmé l'utilité du présent ouvrage. Je tiens à souligner particulièrement ma reconnaissance envers Sylvie qui, dans sa grande générosité, a accepté d'écrire la préface de mon premier livre, et ce, même s'il était imparfait. C'est vraiment tout un honneur pour moi. De plus, ses encouragements à poursuivre dans la traversée de mes doutes et d'un autre deuil que j'ai eu à vivre durant la période d'écriture de ce livre sont d'une valeur inestimable.

Je voudrais également remercier les gens qui m'ont offert leur appui et qui m'ont hébergée pour terminer mon projet, notamment ma précieuse amie Johanne Chalifour, Josée Arseneault et Jean-François ; les généreux propriétaires de la magnifique auberge Prema Shanti de Val-David, Danny et Karim ; Michel Gagnon qui, tel un ange, m'a accueillie chez lui durant mon deuil, me permettant ainsi de retrouver ma paix afin de poursuivre mon projet ; L. G. pour avoir cru en mon talent et m'avoir fait comprendre davantage la détresse des hommes. Ce dernier m'a aidée à donner le meilleur de moi et à offrir un ouvrage encore plus sensible.

Merci à mon éditeur, Alain Williamson, pour sa patience, sa délicatesse concernant un tel sujet, pour sa grande confiance et pour avoir cru en la pertinence d'un tel livre.

Enfin, un merci sans borne à Gilles Descoteaux, cet homme qui partage ma vie et qui me fait dépasser toutes les peurs de m'abandonner et qui me permet de croire de nouveau à la richesse d'un amour partagé. Sa présence dans ma vie est une pure joie et apporte une très grande guérison à tout mon être.

Écrire ce livre a été très libérateur. Ce fut un grand acte d'amour autant envers moi qu'envers « J », qui demeurera à jamais dans mon cœur. Je souhaite que ces écrits soient un baume et un outil pour ceux qui ont perdu dramatiquement un être cher et qu'ils apportent une petite lumière à ceux qui souffrent en silence.

Merci infiniment « J ». À ta mémoire, à l'être exceptionnel et lumineux que tu as été et que tu es toujours, et à ceux qui t'ont aimé.

« L'amour est plus fort que la mort. »

JEAN MONBOURQUETTE

Pour joindre l'auteure :
sijetavaisdit@gmail.com

MARQUIS

Québec, Canada

RECYCLÉ
Papier fait à partir de matériaux recyclés
FSC® C103567
FSC
www.fsc.org

Imprimé sur du papier Enviro 100% postconsommation
traité sans chlore, accrédité ÉcoLogo et fait à partir de biogaz.

CHOIX ENVIRONNEMENTAL · ENVIRONMENTAL CHOICE
PROCÉDÉ SANS CHLORE · PROCESSED CHLORINE FREE
100%
PERMANENT
BIO GAZ ÉNERGIE